Dramarama

Adaptation de Jane Mason et Sarah Hines Stephens

D'après les épisodes « Defending Dustin » et « The Play »
dont les scénarios ont été écrits respectivement
par Anthony Del Broccolo et par Steven Molaro

D'après *Zoey 101* créé par Dan Schneider

Texte français de Marie-Josée Brière

Éditions
SCHOLASTIC

Catalogage avant publication de Bibliothèque
et Archives Canada

Mason, Jane B.
Dramarama / Jane B. Mason et Sarah Hines Stephens;
texte français de Marie-Josée Brière.
(Zoé 101)

Traduction de l'ouvrage anglais du même titre.
Pour les 9-12 ans.
ISBN 0-439-93811-2

I. Brière, Marie-Josée II. Hines-Stephens, Sarah III. Titre.
IV. Collection : Mason, Jane B. Zoé 101

PZ23.M378Dr 2006   j813'.54   C2006-904350-7

Édition publiée par les Éditions Scholastic,
604, rue King Ouest, Toronto (Ontario) M5V 1E1.

5 4 3 2 1   Imprimé au Canada   06 07 08 09

Les gros bras

Zoé Brooks se hâtait sur le campus de la Pacific Coast Academy, flanquée de ses compagnes de chambre, Nicole Bristow et Dana Cruz. Le spectacle était moins anodin qu'on aurait pu le croire puisque, pendant les deux premières semaines de l'année scolaire, Nicole et Dana avaient passé à peu près tout leur temps à se chamailler. Mais depuis qu'elles avaient enfin fait la paix, avec un coup de pouce de Zoé, tout allait bien. Les trois filles n'avaient plus qu'à se soucier de la routine du pensionnat, c'est-à-dire faire leurs devoirs et rester dans les bonnes grâces de leurs profs... notamment en arrivant à l'heure en classe.

— Hé! pouvez-vous marcher un peu moins vite? se plaignit Nicole.

— On va être en retard au cours, fit remarquer Zoé en ralentissant à peine le pas.

Nicole le savait, évidemment. Elle était en général très ponctuelle. Mais le temps s'était réchauffé considérablement, et elle se sentait un peu... moite. Ce qui voulait dire que ses cheveux risquaient de frisotter. Or, les frisous constituaient son ennemi numéro un. Elle n'avait donc pas le choix : elle devait ralentir.

— Vaut mieux arriver en retard qu'en sueur, dit-elle.

Zoé et Dana s'arrêtèrent net.

— T'as pas tout à fait tort, reconnut Zoé en hochant la tête.

Elle se remit à marcher, mais plus lentement. Ce n'était jamais agréable d'être en sueur... ni d'être avec des gens en sueur. En plus, si les cheveux de Nicole se mettaient à frisotter, Dana et elle allaient en entendre parler tout le reste de la journée. Zoé était contente de ne pas avoir à se préoccuper de ses cheveux blonds, coupés aux épaules. Elle leur consacrait quelques minutes le matin, le temps de décider si elle allait se faire des tresses, une queue de cheval ou une torsade, ou encore les laisser détachés. Ensuite, il ne lui restait plus qu'à choisir sa tenue. Aujourd'hui, elle avait opté pour un tee-shirt imprimé, un short en denim avec une ceinture rétro et des chaussures de sport.

Maintenant que les trois amies avaient ralenti la cadence, Zoé pouvait profiter un peu de la matinée. Une autre belle journée commençait à la PCA – le ciel était d'un bleu sans nuages, la brise soufflait doucement et les vagues du Pacifique composaient un agréable arrière-fond sonore. Zoé sourit. Elle avait encore du mal à croire qu'elle étudiait dans un endroit aussi merveilleux.

— Ooooh! fit soudain Nicole. Beau gars sur la gauche. Tee-shirt vert, sac à dos de même couleur...

Nicole n'en revenait pas du nombre de beaux gars qui fréquentaient leur nouvelle école. Comme c'était la première année que la PCA acceptait les filles, il y avait beaucoup plus de garçons que de filles dans le campus. Pour Nicole, c'était parfait – du moment qu'elle arrivait à discipliner ses cheveux.

Zoé examina tranquillement le garçon, en essayant de faire comme si de rien n'était. Elle devait admettre qu'il n'était pas mal, même s'il avait l'air de le savoir un peu trop. Il était parfaitement conscient de l'attention que les trois filles lui portaient. Il leur envoya un sourire en rajustant son sac à dos.

— C'est pas beau, ça? demanda Nicole en laissant échapper un petit cri admiratif.

Dana le regarda sans broncher. Elle aimait bien les garçons, c'est sûr, mais il n'y avait pas de quoi s'affoler.

— Sept, dit-elle, désinvolte.

— Non, neuf! protesta Nicole.

Selon elle, Dana était trop critique, et pas seulement au sujet des garçons. Elle avait toujours quelque chose de négatif à dire.

— C'est un neuf, hein, Zoé? ajouta Nicole.

Zoé regarda de nouveau le garçon. Il était certainement parmi les mieux : grand, les cheveux roux coupés très court, un sourire charmant. Mais ses vêtements...

— Ouais, approuva-t-elle. Mais je dois lui enlever des points pour avoir choisi un short rouge avec un tee-shirt vert. On dirait un cadeau de Noël.

Dana approuva de la tête en plissant les yeux comme si la vue de cet accoutrement coloré lui faisait mal. Elle se limitait généralement au noir et au gris.

— En effet.

Nicole semblait un peu offusquée.

— J'aime bien les cadeaux de Noël, dit-elle avec une moue boudeuse, les mains sur les hanches.

Les filles avaient repris leur route quand Dustin arriva en courant.

— Quoi de neuf, Zo? demanda-t-il.

Zoé sourit à son petit frère. Comme ils n'habitaient pas

dans le même secteur du campus, elle ne le voyait pas aussi souvent qu'à la maison. Et il lui manquait un peu.

— Hé, salut! Où tu t'en vas comme ça? demanda Zoé.

— À mon cours de géométrie, répondit Dustin.

— De géométrie? répéta Dana.

Ce n'était pas au programme de sixième année, même à la PCA.

— En sixième année? demanda Nicole, perplexe.

— Oui, répondit Zoé avec fierté. Dustin est tellement brillant qu'il suit les cours de maths de huitième!

Dustin était un petit frère super, et un crack en mathématiques.

— Ooooohhh! s'exclamèrent Nicole et Dana.

Zoé était manifestement très fière de son petit frère. Comme c'était mignon!

— Zoééééé... protesta Dustin en faisant la grimace.

Il était content qu'elle soit aussi fière de lui, mais elle n'avait pas besoin de le vanter comme ça devant ses amies. C'était gênant! Il devait se sauver – et vite!

— Faut que j'y aille! annonça-t-il.

Zoé examina la tenue vestimentaire de son frère. Il avait besoin d'aide.

— Attends, laisse-moi t'arranger ça, dit-elle en déboutonnant sa chemise marron pour laisser paraître le tee-shirt orné du mot « Jamaïque » qu'il portait en dessous.

— Qu'est-ce que tu fais? demanda Dustin, légèrement agacé.

Zoé se prenait parfois pour sa mère... sauf que sa mère, elle, aurait probablement reboutonné sa chemise.

— Je t'aide à avoir l'air plus cool, dit Zoé en baissant les chaussettes que Dustin avait remontées jusqu'au bord de son short de planchiste.

Elle tourna ensuite son attention vers la tignasse blonde de son petit frère.

— Oh, et puis tes cheveux sont trop bien peignés, dit-elle en les ébouriffant juste au moment où quelques élèves de la classe de Dustin passaient près d'eux.

Dustin entendit ricaner ses camarades de sixième année et fronça les sourcils.

— As-tu fini? protesta-t-il. Faut que j'aille à mon cours.

Une seconde plus tard, il avait disparu.

— Ne te laisse pas intimider par les grands de huitième! lança Zoé.

Dustin se retourna et lui fit un sourire crâneur. Est-ce qu'elle était sérieuse? Il pouvait leur tenir tête n'importe quand, à ces grands de huitième!

— Voyons donc! Je suis parfaitement à ma place! criat-il.

Quelques minutes plus tard, Dustin était assis dans la classe de géométrie. Heureusement, il avait un siège dans la première rangée. Autrement, il n'aurait peut-être rien vu, tellement les autres élèves étaient grands!

Dustin ne détestait pas être le plus petit de la classe. « Dans les petits pots, les meilleurs onguents », se disait-il. De plus, il n'avait pas à se battre contre ses camarades, seulement à faire des maths avec eux. Et pour lui, les maths étaient hyper faciles.

À l'avant de la classe, M. Kirby regardait un élève du nom

de Keith Finch gribouiller des chiffres en essayant de résoudre un problème au tableau. M. Kirby attendait patiemment, un manuel à la main, que son élève trouve finalement la solution à ce problème difficile.

— Bon, dit Keith en souriant bravement au reste de la classe, la réponse est 28π.

— Hmmmmmmmm, fit M. Kirby en examinant le travail de Keith. Et vous, pensez-vous que ses calculs sont exacts? poursuivit-il en se tournant vers la classe.

La plupart des élèves se mirent à marmonner, à regarder le plancher ou à faire semblant de chercher quelque chose dans leur sac à dos. Ils n'en avaient aucune idée.

Dustin leva la main.

— En fait, il n'a pas utilisé la bonne formule, souligna-t-il.

Les élèves recommencèrent à murmurer, mais de surprise, cette fois.

Keith jeta un regard féroce à Dustin.

— Qu'est-ce que tu racontes? gronda-t-il.

Dustin bondit sur ses pieds et se rendit à l'avant de la classe.

— Je vais te montrer, dit-il avec entrain en prenant la craie que tenait le garçon, bien plus grand que lui.

Il se tourna vers le tableau et se mit au travail pour résoudre correctement le problème.

— La formule pour trouver la superficie d'un cercle, c'est πr^2, pas $2\pi r$.

Il gribouilla rapidement des chiffres et des lettres au tableau.

— Donc, la bonne réponse est 146π.

Dustin sourit à ses camarades. Ils semblaient très impressionnés! Et M. Kirby aussi. Keith, par contre...

La tête de Dustin n'arrivait qu'à la hauteur des bras croisés de Keith. En levant le regard lentement au-dessus de son tee-shirt noir orné d'un éclair, il aperçut les yeux plissés du garçon. Keith semblait fâché. Très fâché...

Dustin sentit son estomac se nouer. Il allait y goûter!

— Tout ce que je dis... fit-il avec un sourire piteux.

On entendit quelques ricanements dans la classe. Keith semblait sur le point de se ruer sur Dustin, sans même attendre la fin du cours.

— Très impressionnant, Dustin, dit M. Kirby en hochant la tête.

Dustin se demanda si le fait d'être impressionnant lui permettrait de bénéficier du programme de protection des petits génies des maths. Il pressentait qu'il en aurait besoin. Mais avant qu'il puisse échapper à Keith et retourner à sa place, la cloche sonna. Les élèves ramassèrent leurs affaires et se dirigèrent vers la porte.

— N'oubliez pas que vous avez un devoir à remettre demain, leur rappela M. Kirby tandis qu'ils sortaient à la queue leu leu.

Dustin se hâta jusqu'à son pupitre et lança ses livres dans son sac. Il sentait les yeux de Keith dans son dos. Il se précipita hors de la classe, le sac à dos sur l'épaule. Il devait se tirer de là au plus vite!

Il sortit en courant du pavillon des mathématiques. Il avait traversé toute la pelouse et se faufilait à la hâte dans le labyrinthe des tables blanches disposées à l'extérieur de la cafétéria quand il se décida enfin à regarder par-dessus son épaule. Personne à ses trousses. Ouf! Mais en se retournant, il tomba nez à nez avec Keith.

Hors d'haleine, il leva les yeux vers son gigantesque camarade de huitième année. Il était fichu!

— Keith! dit-il en faisant de son mieux pour paraître désinvolte. Content de te voir!

— Tu te crois vraiment malin, hein? siffla Keith.

Dustin avala péniblement sa salive. Keith était probablement capable de le casser en deux. Il réussirait peut-être à s'en sortir avec un peu d'humour...

— Ben, un jour, j'ai eu 112 sur 100 à un test d'épellation. C'était comique. Tu vois, j'avais...

Sans dire un mot, Keith le souleva de terre. Les chaussures grises de Dustin se balançaient à 60 centimètres au-dessus du sol.

— Je constate que tu m'as soulevé de terre, dit Dustin en essayant de rester calme.

Mais son cœur battait à toute vitesse.

Keith n'avait toujours pas prononcé un mot. Il n'en avait pas besoin. Son air menaçant était assez éloquent. Enfin, il posa Dustin par terre.

— Très bien, Dustin, dit-il en ouvrant son sac à dos. Puisque t'es si brillant, tu vas faire mon devoir de maths.

Il fourra son manuel de mathématiques dans les mains de Dustin.

— Mais je...

— Et mon devoir d'histoire, ajouta Keith en passant un autre livre à Dustin.

— Mais c'est pas bien de...

— Et puis mon devoir d'anglais, poursuivit-il en ajoutant un troisième livre à la pile.

Dustin retint un soupir.

— Mais je suis nul en anglais, protesta-t-il faiblement.

Keith se pencha jusqu'à ce que son visage soit exactement à la hauteur de celui de Dustin.

— Alors, va falloir que tu travailles fort, hein? fit-il avec un sourire méchant.

— *Yes*, gémit Dustin, faisant appel au peu d'anglais qu'il connaissait.

— Et tu vas me faire tout ça pour demain matin, c'est compris? ordonna Keith.

Dustin fit une tentative héroïque pour résister.

— Euh... Et sinon?

Keith se pencha encore plus. Son nez touchait presque le visage de Dustin, qui pouvait sentir son haleine.

— Sinon, il va t'arriver des choses t-e-r-r-i-b-l-e-s! répondit Keith en plissant ses petits yeux de fouine.

Dustin avait compris. Keith n'était pas un gars à prendre à la légère...

CHAPITRE 2

Maman Zoé

Zoé ajusta ses écouteurs, choisit une chanson sur son petit lecteur MP3 blanc et se prépara à l'écouter. Les cours étaient terminés pour la journée et elle avait envie de se détendre un peu en se rendant à sa résidence. L'enseignement était intense à la PCA, et elle essayait de profiter au maximum de ses moments libres.

Autour d'elle, les autres élèves semblaient faire la même chose. Ils se promenaient à bicyclette ou en planche à roulettes, bavardaient en petits groupes ou prenaient le soleil, tout simplement.

— Hé, je peux te reconduire quelque part? entendit Zoé à travers ses écouteurs.

Elle arrêta tout de suite sa musique et sourit à son ami Chase. C'était le premier garçon qu'elle avait rencontré en arrivant à la PCA, et il était devenu son meilleur ami. Il lui avait fait visiter le campus le premier jour et l'avait aidée à survivre aux disputes de ses copines de chambre la deuxième semaine. Elle l'aimait bien.

— Hé! le salua Zoé.

Chase portait un casque rouge, qui ne suffisait pas à contenir ses boucles indisciplinées.

— Tu passes par ma résidence?

Chase sourit. Il irait conduire Zoé à San Francisco si elle le lui demandait. Elle était tellement cool!

— Si tu veux, oui.

Zoé monta sur le vélo de Chase, debout sur les tiges qui dépassaient de la roue arrière, accrochée aux épaules de son ami.

— T'es sûr que c'est pas dangereux? demanda-t-elle.

— Tout dépend de ta définition du danger... admit Chase en se mettant à pédaler.

Ils roulèrent ainsi à travers le campus, en évitant les bancs, les tables et les élèves. Au coin d'un immeuble, Chase ralentit et s'arrêta à côté d'un concierge qui poussait un chariot d'entretien. L'homme portait un uniforme marine et une casquette de baseball au logo de la PCA.

— Hé, Herb! s'écria Chase.

— Chase!

Herb semblait content de le voir.

— Comment ça va, jeune homme?

— Génial, répondit Chase. J'adore l'école. Sauf les cours, évidemment.

Herb jeta un coup d'œil à Zoé. Oups! Chase avait oublié de la présenter.

— Je te présente Zoé, fit-il.

Zoé salua Herb de la main.

— Bonjour, Herb.

— Enchanté, Zoé, fit Herb avec son accent du New Jersey.

— Au fait, as-tu eu le rôle que tu voulais, dans ce film?

demanda Chase. Herb est un acteur, tu sais, ajouta-t-il à l'intention de Zoé.

— Cool, fit Zoé en hochant la tête.

— Un acteur en herbe, précisa Herb, modeste. Non, je n'ai pas eu le rôle.

— C'est tant pis pour eux, dit Chase. Herb est génial. Regarde!

Chase sourit à Herb en lui faisant signe du menton.

— Allez, fais-nous du Shakespeare.

Herb secoua la tête.

— Ben, j'sais pas trop... J'aime pas vraiment...

Zoé allait lui dire de ne pas s'en faire, qu'elle le verrait jouer un autre jour, quand il se lança soudain dans un long monologue avec le plus parfait accent britannique.

— Qui, en effet, voudrait supporter les flagellations et les dédains du monde, l'injure de l'oppresseur, l'humiliation de la pauvreté...

— Qu'est-ce qu'il raconte? demanda Zoé en levant un sourcil interrogateur.

Chase haussa les épaules. Il n'en avait aucune idée.

— ... les angoisses de l'amour méprisé, poursuivit Herb.

Chase et Zoé applaudirent.

— Bravo! dit Zoé. Génial!

— Qu'est-ce que ça veut dire? demanda Chase.

Les pièces de William Shakespeare étaient toujours impressionnantes, mais il n'avait jamais compris de quoi elles parlaient.

Herb secoua la tête.

— Je n'en sais rien, admit-il.

Ils entendirent un grésillement dans son walkie-talkie.

— Hé, Herb, fit une voix. On a un 114 devant la porte de la cafétéria.

— Aïe! fit Herb. Bien reçu! J'arrive!

— C'est quoi, un 114? demanda Zoé, curieuse.

Herb avait manifestement toute une série de codes pour ses différentes tâches de concierge.

— Du vomi, répondit Herb sans s'émouvoir. À plus!

Il reprit son chariot et remonta le sentier, tout en déclamant un nouveau monologue.

— Heureux qui éponge les reliefs de repas restitués par les estomacs fragiles et les nauséeux, car c'est une noble tâche que celle de concierge...

Zoé essayait de chasser de son esprit l'image du vomi quand Dustin arriva près d'eux.

— Hé, Zo! Salut, Chase! dit-il en mordant dans un gâteau Bing Bong.

Il essayait d'oublier ses misères à coups de crème fouettée et de bonbons colorés. Mais le remède n'était que modérément efficace.

— Quoi de neuf, mini-D? répondit Chase.

Zoé regarda d'un air désapprobateur la collation sucrée de son petit frère.

— Dustin, tu sais que t'es pas censé manger des cochonneries comme ça! le gronda-t-elle.

Dustin était sérieusement accro au sucre, et Zoé cherchait à lui faire perdre cette mauvaise habitude. Elle lui enleva son gâteau des mains.

Chase approuva de la tête.

— Elle a raison, dit-il en prenant le gâteau des mains de Zoé. T'es censé le tremper dans le sirop de chocolat. C'est cent fois meilleur!

Zoé était bouche bée. À quoi pensait-il donc?

— Chase! gronda-t-elle en reprenant possession du gâteau.

— Rends-moi mon gâteau! grommela Dustin.

Zoé était encore en train de se prendre pour sa mère plutôt que de se contenter d'être sa grande sœur. Elle n'était vraiment pas cool, parfois.

— Non, fit Zoé en secouant la tête.

Il fallait bien que quelqu'un prenne soin de Dustin. Si elle ne le faisait pas, il allait finir par se transformer en gâteau glacé.

— Les garçons en pleine croissance n'ont pas besoin de gâteaux Bing Bong.

— Aaarrrhhh! fit Dustin, levant les bras au ciel.

Elle allait le rendre fou!

— Tu veux arrêter de te prendre pour maman?

Il la poussa et s'éloigna.

Zoé n'en croyait pas ses oreilles. Elle ne se prenait pas pour leur mère! Elle essayait seulement d'aider Dustin.

— T'as entendu ça? T'es sûrement pas d'accord? demanda-t-elle à Chase.

Il allait l'approuver, certainement. Chase comprenait toujours tout.

— Un peu, répondit Chase en haussant les épaules.

— *Pardon???* s'écria Zoé en lui lançant un regard assassin.

Où était passé son ami toujours prêt à l'appuyer?

— Ben, c'est vrai que tu le traites un peu comme un bébé, des fois, risqua Chase, prudent.

Il ne voulait surtout pas commencer la bagarre...

— C'est pas vrai! protesta Zoé en lui donnant une vigoureuse claque sur le bras.

Chase se frotta l'épaule à travers sa chemise.

— Bon, je vais avoir un bleu dans une vingtaine de minutes.

— Je ne traite pas Dustin comme un bébé, reprit Zoé avec une moue boudeuse.

Elle était là pour s'occuper de lui, non? Après tout, c'était son petit frère et ils étaient loin de chez eux.

Chase hésita une demi-seconde. Devait-il faire semblant d'être d'accord avec Zoé pour avoir la paix? Le problème, c'est qu'il n'était pas d'accord. Et puis, ils étaient amis. Or, les amis, ça se dit la vérité. Il devait donc dire la vérité à Zoé.

— Oui, tu le fais, répéta-t-il.

Zoé brandit le Bing Bong en regardant le gâteau comme si c'était un criminel.

— Pourquoi? Parce que je le laisse pas manger des cochonneries dans ce genre-là?

— *Des cochonneries?* répéta Chase, incrédule, en s'emparant du gâteau.

De toute évidence, Zoé n'avait aucun goût pour ce genre de choses. Mais qu'est-ce qui n'allait pas, chez elle? Ils étaient des adolescents, après tout!

— C'est une combinaison parfaite de produits chimiques et de sucre.

Zoé leva les yeux au ciel et croisa les bras. Elle ne voyait vraiment pas ce qu'il y avait de bon dans ces aliments trop sucrés et pleins de colorants artificiels. En plus, ça goûtait le carton! Mais Chase ne semblait pas facile à convaincre.

— Faut que j'y aille, finit-elle par dire.

Elle s'éloigna avec un grand soupir, laissant le Bing Bong à Chase. Chase sourit et en prit une bouchée. Mais avant même qu'il puisse l'avaler, Zoé était de retour. Elle lui arracha le gâteau des mains et tendit sa paume devant le visage du garçon. Comme un chien qui aurait fait un mauvais coup, Chase ouvrit la bouche et y laissa tomber sa bouchée de perfection chimique et sucrée.

Zoé réprima une grimace au contact de cette masse informe de gâteau à moitié mâché. Puis, après un dernier regard meurtrier à Chase, elle tourna les talons et rentra à la résidence, non sans avoir laissé tomber l'ignoble chose – et le gâteau dont elle provenait – dans la première poubelle qu'elle croisa.

CHAPITRE 3

Nuit blanche

Tard cette nuit-là, Dustin était assis devant son écran d'ordinateur. Il se tenait la tête d'une main en essayant de rester concentré. Il était plus d'une heure du matin, et il était épuisé. Mais il lui restait des tonnes de devoirs à faire – les devoirs de Keith...

Dustin jeta un coup d'œil sur son lit défait. C'était tellement invitant! Si seulement il pouvait s'étendre une minute... Devant lui, l'écran d'ordinateur s'embrouillait. Il avait grand besoin d'une pause.

Il s'assoupit quelques instants, mais se réveilla aussitôt en pensant à Keith. « Tu vas faire tous mes devoirs pour demain matin, c'est compris? Sinon, il va t'arriver des choses t-e-r-r-i-b-l-e-s... »

Dustin sursauta sur sa chaise. Keith était un géant, un monstre, un maniaque de huitième année! Allez savoir de quoi il était capable! Avec un énorme soupir, il se versa une grande tasse de café. La nuit allait être longue...

À l'autre bout du campus, Dana, Nicole et Zoé dormaient profondément. Quand tout à coup...
Boum! Boum! Boum!

Nicole se redressa, complètement désorientée. Elle était en train de rêver à un nouveau produit capillaire qui garantissait des cheveux sans frisous.

— Qu'est-ce qui se passe? s'écria-t-elle.

Dana rejeta ses couvertures et sortit du lit, vêtue d'un tee-shirt orné d'un dragon noir et d'un short de pyjama noir. Il n'y avait décidément pas moyen de dormir tranquille dans cette école!

— Qui est là? maugréa-t-elle.

Zoé alluma sa lampe de chevet.

— Sais pas, fit-elle.

Boum! Boum! Boum! Les coups se faisaient de plus en plus forts, et de plus en plus pressants. Zoé sortit de son lit et ouvrit la porte. Chase et Michael se précipitèrent dans la chambre, pris de panique. Mais ils n'étaient pas seuls... Chase avait un chien dans les bras.

— Hé! salua Michael, pantelant.

— Quoi de neuf? ajouta Chase.

Il était à bout de souffle lui aussi, mais s'efforçait d'avoir l'air désinvolte. Il ne voulait pas faire tout un plat de leur visite nocturne.

Zoé examina les deux garçons et le chien.

— Qu'est-ce que vous faites ici? demanda-t-elle. Avez-vous une idée de l'heure qu'il est?

— Il est une heure et demie du matin, précisa Dana d'un ton acide.

Chase mit le chien sous le nez de Zoé.

— Faut que vous cachiez Elvis!

Nicole était encore ensommeillée... et elle paraissait

complètement perdue.

— Qui c'est, Elvis? demanda-t-elle.

— C'est notre chien, murmura Michael, dans tous ses états. Il faut que vous le cachiez!

Zoé leva les bras.

— Attendez. Calmez-vous un peu et expliquez-nous ce qui se passe.

Personne n'allait l'obliger à s'occuper d'une créature à quatre pattes... même si celle-ci était vraiment adorable, avec sa petite face blanche et ses oreilles brunes.

— Ben, on l'a trouvé sur la plage, expliqua Chase à toute vitesse en jetant des regards inquiets vers la porte... ce qui n'était pas bon signe!

— Il n'avait pas de médaille, ajouta Michael.

— Alors, on le garde dans notre chambre.

— Mais les animaux sont interdits à la PCA! fit remarquer Nicole, enfin bien réveillée.

— Oui, bien sûr, admit Chase. C'est pour ça qu'on est ici.

— Voyez-vous, notre S.R. est passé dans notre chambre ce soir, et il a senti l'odeur du chien, se lamenta Michael.

— Un S.R., c'est un surveillant de résidence, expliqua Chase en se tournant vers Zoé.

Zoé le regarda d'un air féroce. Est-ce qu'il pensait qu'elle venait d'arriver à la PCA? Elle était ici depuis trois bonnes semaines!

— Je sais, dit-elle froidement.

— Ah, je savais pas si... commença Chase.

Zoé leva la main.

— Ça suffit! ordonna-t-elle.

À une heure du matin, ce n'était pas le moment de se lancer dans de longues explications.

— En tout cas, maintenant, notre S.R. a des soupçons, poursuivit Michael.

— Il faut que vous cachiez Elvis jusqu'à ce que les choses se tassent.

Chase parlait vite en regardant tour à tour Zoé et ses deux compagnes. Dans ses bras, le petit chien à poil court tournait la tête en même temps que lui.

Nicole secoua la tête.

— Non.

— Pourquoi pas? supplia Michael. S'il vous plaît!

Chase saisit le museau d'Elvis en lui pressant les joues.

— Regardez-le! dit-il.

Elvis poussa un petit gémissement.

Zoé était déchirée. Elvis était adorable, et elle aimait beaucoup les animaux. Ce serait sûrement génial d'avoir un chien. Mais c'était strictement défendu...

— On peut pas garder un...

Elle fut interrompue par une sonnerie de cellulaire. Chase tendit Elvis à Michael, sortit son téléphone de sa poche et l'ouvrit.

— Oui? dit-il. Oh, zut! On arrive tout de suite, ajouta-t-il après une seconde.

Il referma brusquement son téléphone et le remit dans sa poche.

— C'était qui? demanda Michael.

— Logan. Le S.R. a fouillé la chambre et maintenant, il nous cherche!

Michael écarquilla ses yeux bruns.

— Faut y aller! s'écria-t-il.

Sans attendre, il déposa Elvis dans les bras de Zoé, et les deux garçons coururent vers la porte.

— Attendez, les gars! cria Zoé en essayant de ne pas tenir compte de la fourrure soyeuse d'Elvis, de son regard attendrissant et de la mignonne tache brune sur son dos. On peut pas garder ce chien dans notre...

Paf! La porte se referma bruyamment, et les trois filles se retrouvèrent seules dans la chambre avec Elvis.

Zoé regarda Nicole, puis Dana.

— On dirait bien qu'on a un pensionnaire, dit-elle, résignée.

— Oh, non, certainement pas! protesta Dana, les bras croisés, en se dirigeant vers la porte.

— Où tu vas? demanda Nicole, inquiète.

Elle ne voulait surtout pas que Dana aille dénoncer le pauvre petit Elvis.

— Avertir notre S.R., répliqua-t-elle en regardant Elvis d'un air féroce.

Il était plutôt mignon, mais il avait sûrement une haleine dégoûtante et il allait mettre du poil partout.

— Je veux pas de ce cabot-là dans ma chambre, dit-elle en ouvrant la porte.

Zoé traversa la pièce en une fraction de seconde et referma la porte. Dana était parfois un peu rude, mais Zoé commençait à se rendre compte qu'elle n'était pas méchante, sous ses aspects difficiles. Et puis, Michael lui avait confié Elvis, et elle comptait faire tout son possible pour protéger le chiot.

— Juste pour quelque temps, d'accord? plaida Zoé.

— Allez... ajouta Nicole en regardant la petite tête innocente d'Elvis. Si tu le dénonces, ils vont l'emmener à la fourrière.

Dana examina tour à tour ses deux compagnes de chambre, puis Elvis. Le chiot l'observait de ses yeux bruns pétillants. On aurait dit qu'il la suppliait.

— Trois jours, décréta enfin Dana. Pas un de plus.

— Youpi! s'exclama Nicole en grattant la tête d'Elvis.

— Hé! t'as entendu ça, Elvis? demanda Zoé en soulevant le menton du chiot.

Elle s'efforçait d'oublier qu'il leur était interdit d'avoir des animaux.

— T'es notre nouveau pensionnaire! Oui, oui!

— Il est tellement mignon! gazouilla Nicole. Mais attends!

Elle leva la main.

— C'est bien un « il », hein?

Nicole et Zoé jetèrent un coup d'œil rapide entre les pattes du chiot.

— Oui! dit Nicole en hochant la tête vigoureusement. C'est un « il »!

CHAPITRE 4

La grande sœur

Dustin, les cheveux en bataille, fixait les piles de papiers et de manuels éparpillés sur la table devant lui. Il avait l'air d'avoir dormi tout habillé. Mais il s'en fichait. Le temps pressait! Keith allait arriver d'une minute à l'autre et découvrir qu'il n'avait pas fini ses devoirs, même s'il y avait passé une partie de la nuit.

« Des choses t-e-r-r-i-b-l-e-s! » La voix de Keith résonnait dans la tête de Dustin. Il frissonna et retourna au devoir de maths qu'il avait sous les yeux. Si seulement les chiffres pouvaient arrêter de valser!

— Dustin?

Il entendit quelqu'un prononcer son nom... Zoé! Bon, juste ce qu'il lui fallait... sa grande sœur qui venait lui faire la morale, encore une fois!

— Oh, salut! dit-il, trop fatigué pour ajouter autre chose.

— T'as l'air d'un épouvantail à moineaux! dit Zoé en tirant une chaise pour s'asseoir à côté de lui. Ses cheveux étaient vraiment trop ébouriffés, il avait les yeux cernés jusqu'au menton et il portait les mêmes vêtements que la veille.

— Ouais, répondit Dustin.

Aussi bien tout lui raconter. Elle réussirait sûrement à lui tirer les vers du nez, de toute façon.

— Je me suis couché à quatre heures du matin.

— Pourquoi? demanda Zoé, éberluée.

— C'est à cause d'un gars qui s'appelle Keith Finch...

— Et alors? insista Zoé.

— Ben... Il m'a forcé à faire tous ses devoirs, expliqua Dustin.

— Quoi? s'écria Zoé, soudain furieuse. Mais pour qui il se prend, ce Keith? Il peut pas faire ça!

— Oh oui, il le peut, répliqua Dustin. Il est immense. Sa tête pèse plus lourd que moi tout entier.

— Est-ce qu'il t'a fait des menaces? demanda Zoé.

— C'était sous-entendu.

Zoé se leva d'un bond. Personne n'allait faire de mal à son petit frère, immense ou pas. Ça ne se faisait pas, un point, c'est tout.

— Bon, où il est, ce Keith Finch?

— Là-bas, sur la pelouse, répondit Dustin, qui regretta immédiatement ses paroles.

Il allait encore avoir l'air d'un imbécile devant tout le monde.

— Mais, Zoé...

— Viens avec moi, dit Zoé en tirant son frère par la main sans même lui laisser le temps de ramasser ses livres.

— Zoé! protesta-t-il. Qu'est-ce que tu vas lui dire?

— Oh, j'ai un tas de choses à lui raconter, s'écria Zoé avec véhémence.

Elle allait lui dire sa façon de penser, à ce Keith! Qu'est-ce que c'était que cette brute qui obligeait les élèves plus petits que lui à faire ses devoirs?

Dustin grinça des dents. C'était exactement ce qu'il redoutait. Les choses allaient déjà assez mal; maintenant, il fallait s'attendre au pire.

En moins de deux minutes, Zoé avait traîné Dustin jusqu'à la pelouse remplie d'élèves en train de faire du sport, d'étudier ou simplement de bavarder. Zoé parcourut la pelouse du regard, à la recherche d'un grand gars qui aurait l'air d'une brute.

— Alors, où est-il? demanda-t-elle d'une voix pressante.

— Oublie ça, fit Dustin, suppliant. Tu vas seulement l'irriter encore plus!

Il fallait absolument que sa sœur comprenne la situation.

Mais Zoé n'allait pas lâcher prise aussi facilement. Ce Keith avait besoin d'une leçon! Une fille en camisole bleue, chaussée de sandales, passa près d'eux.

— Excuse-moi, peux-tu me dire où est Keith Finch? demanda Zoé.

La fille montra du doigt un garçon dont le tee-shirt noir s'ornait d'une tête de mort. Il était attablé avec quelques copains autour d'une radio qui diffusait de la musique heavy metal à tue-tête.

Tirant toujours son petit frère par le bras, Zoé marcha d'un pas résolu jusqu'à la table de Keith et éteignit la radio.

— Hé! protesta Keith. J'écoutais!

Il semblait un peu surpris, comme si personne n'osait jamais se plaindre de sa musique – surtout pas une jolie fille en tee-shirt rose.

— Tu penses que tu peux intimider mon petit frère? demanda Zoé sans se soucier de la taille impressionnante de

Keith... et de son regard mauvais. Elle avait un peu l'impression d'être une mère grizzly en train de protéger son petit.

— Zoé, il est très hostile, l'avertit Dustin en regardant autour de lui.

Un groupe d'élèves s'était attroupé pour voir la scène.

— T'es qui, toi? demanda Keith en jaugeant Zoé.

— Je suis sa sœur, et tu vas lui ficher la paix!

Zoé n'était pas d'humeur à rire. Elle fixait Keith, le mettant au défi de dire quelque chose.

Keith regardait Zoé comme si elle avait eu trois yeux et le nez plein de verrues. Zoé ne broncha pas. Tous les élèves assemblés sur la pelouse les observaient, mais elle s'en moquait bien. Elle devait absolument convaincre Keith de laisser Dustin tranquille.

— Zoé... murmura une voix familière derrière elle.

C'était Chase, qui tirait sur son tee-shirt rose orné de cercles concentriques.

— C'est peut-être pas une bonne idée... ajouta-t-il.

— Je m'en fiche, fit Zoé à voix haute.

Qu'est-ce qu'il faisait là, de toute façon? Elle regarda autour d'elle, à la recherche de quelque chose pour appuyer ses paroles, et aperçut un objet qui dépassait d'un sac à dos par terre. Une raquette de tennis. C'était parfait. Elle s'en empara et se mit à l'agiter sous les yeux de Keith.

— Si tu lui fais encore des misères, tu vas avoir affaire à moi, menaça-t-elle.

Un des garçons assis à côté de Keith – celui qui avait les cheveux courts et roux – leva les mains bien haut d'un air faussement effrayé.

— Oooohhh, fais attention à toi, Keith! Le petit a « une »
garde du corps.

Keith eut un sourire narquois.

— Allez, venez, dit-il en se levant. On ferait mieux de
déguerpir avant qu'elle nous prenne pour des balles de tennis.

Il s'éloigna avec ses acolytes en riant de sa propre
blague.

Zoé les regarda s'éloigner, plutôt satisfaite. Ils avaient
battu en retraite, non?

Un des garçons se retourna en ricanant.

— Hé, Dustin, M. Friedman m'a donné un C pour mon test
d'histoire. Tu peux demander à ta sœur de lui flanquer une volée
de ma part?

La moitié des élèves assemblés sur la pelouse se mirent
à rire, et Dustin se sentit rougir. Comment sa sœur avait-elle pu
lui faire une chose pareille? Maintenant, toute l'école allait penser
qu'il n'était qu'un bébé! C'était son pire cauchemar. Écœuré, il
partit en courant.

Zoé avait vu l'expression de son visage. Il n'était pas
content du tout. Mais pourquoi? Elle l'avait protégé de Keith.

Après avoir jeté un coup d'œil à Chase, elle soupira et
partit à la recherche de Dustin.

Quelques minutes plus tard, elle le trouva assis tout seul
sur la première marche d'un escalier.

— Te voilà! dit-elle, soulagée.

— Laisse-moi tranquille, lança Dustin, en colère.

— Dustin! dit Zoé. C'est quoi, ton problème?

— À cause de toi, j'ai eu l'air d'un imbécile devant tout le
monde, répliqua-t-il, accusateur.

— Mais c'était pour *t'aider*, protesta Zoé.

— Eh bien, arrête!

Zoé soupira. C'était impossible.

— Je suis ta sœur, tenta-t-elle d'expliquer.

— Je m'en fiche! s'écria Dustin. J'en ai assez de me faire traiter comme un bébé! J'étais bien mieux ici avant que t'arrives!

Il sortit un Bing Bong de sa poche et l'agita sous le nez de Zoé.

— Et puis, je mange ÇA! cria-t-il en prenant une énorme bouchée de son gâteau.

Il mastiqua une seconde.

— Ha! conclut-il, la bouche pleine, avant de s'enfuir.

Le regard perplexe et la bouche ouverte, Zoé regarda son petit frère s'éloigner. Pourquoi ne voyait-il pas qu'elle voulait seulement l'aider? Qu'est-ce qu'elle avait fait de travers?

CHAPITRE 5

Elvis a disparu

Zoé se laissa tomber sur le gazon à côté de Chase. Derrière eux, une fontaine gargouillait. Les oiseaux chantaient dans les arbres. Zoé portait sa camisole rouge et son jean préférés. Pourtant, elle se sentait nulle.

— Salut! dit Chase en levant le nez de son livre.

— Salut! soupira Zoé.

— Tu t'en fais pour Dustin? demanda Chase.

En effet. Elle espérait que Chase lui remonterait le moral, mais elle n'était pas sûre de vouloir en parler.

— Non. Je veux seulement m'asseoir. Tu peux continuer à lire.

— D'accord, répondit Chase en haussant les épaules.

Il reprit sa lecture. Mais avant qu'il ait le temps de lire une seule phrase, Zoé lui arracha le livre des mains.

— Comment peux-tu lire tranquillement quand je suis aussi inquiète? demanda-t-elle d'un ton accusateur.

Bon, bon, peut-être qu'elle voulait vraiment parler de ce qui arrivait à Dustin. Chase aurait bien pu s'en rendre compte tout seul!

— S'cuse-moi, j'aurais dû deviner, fit Chase.

Il savait qu'il marquerait des points de cette façon. Mais

il ne voyait pas très bien de quoi il devait s'excuser. Zoé ne venait-elle pas de lui dire de continuer à lire?

— Pourquoi est-ce que Dustin est aussi fâché contre moi? Je l'ai défendu! dit Zoé, malheureuse.

Chase pourrait sans doute lui expliquer le comportement de Dustin. Ils étaient tous les deux des garçons, après tout.

— Écoute, soupira Chase. Je sais que c'est bizarre, mais n'importe quel gars aimerait mieux se faire démolir par une brute que se faire défendre par sa sœur, tu comprends?

Zoé le regarda, les yeux plissés.

— C'est ridicule, dit-elle.

Qui pourrait être assez stupide pour préférer se faire démolir par une brute?

— C'est une affaire de gars, ajouta Chase en haussant les épaules.

Il n'était pas certain de pouvoir donner d'explications à Zoé. D'ailleurs, elle n'avait pas l'air de vouloir d'explications.

— Alors, les gars sont des idiots, dit Zoé.

Elle était bien désolée d'insulter les membres du sexe opposé, d'autant plus qu'elle savait que ce n'était pas tout à fait vrai. Mais elle en avait par-dessus la tête!

— Je dis pas le contraire, répliqua Chase en levant les bras.

Que pouvait-il dire d'autre? Il ne savait pas toujours pourquoi il se comportait comme il le faisait. Mais parfois, il n'avait pas le choix.

— Il y a des fois où il faut seulement... laisser les garçons être des garçons.

Zoé fut soudain très contente d'être une fille.

— Alors, je pourrai jamais l'aider? demanda-t-elle.

Chase ne savait pas trop comment lui présenter la chose pour qu'elle n'intervienne pas trop souvent dans la vie de son petit frère.

— Non, c'est pas ça. Tu peux l'aider de temps en temps. Mais essaie de faire ça *en douce*.

Zoé ne disait pas un mot. Chase se pencha vers elle.

— Discrètement, expliqua-t-il.

— Je sais ce que ça veut dire! fit Zoé en levant les yeux au ciel.

Qu'est-ce qu'il croyait? Qu'elle n'avait jamais entendu cette expression avant d'entrer à la PCA? Mais pour le moment, elle avait à résoudre des problèmes autrement plus sérieux. Par exemple, comment pourrait-elle protéger Dustin si elle n'avait pas le droit d'intervenir?

— Je veux simplement éviter qu'on fasse du mal à Dustin, dit-elle en soupirant.

Chase poussa un soupir lui aussi. Il n'aimait pas voir Zoé inquiète. Elle avait le cœur à la bonne place, mais il devait l'empêcher d'aggraver les choses pour Dustin. Le pauvre garçon avait déjà été assez humilié comme ça.

— Tout le monde se fait blesser de temps à autre. Ça ne t'est jamais arrivé?

— Pas par une espèce d'énorme brute stupide, répondit Zoé, encore furieuse.

— Alors, il serait peut-être temps!

Chase fit craquer ses doigts, passa un bras autour du cou de Zoé pour lui immobiliser la tête et l'attira à lui pour lui frictionner vigoureusement le cuir chevelu.

— Ça y est! Tu vas y goûter! Donne-moi ton argent de poche!

Zoé ne put s'empêcher de rire.

— Arrête! cria-t-elle en attrapant la main de Chase pour essayer de le faire lâcher prise.

— Donne-moi ton argent de poche, sinon... Aïïïe!

Chase lâcha Zoé et examina son petit doigt.

— Tu m'as mordu!

— Peut-être, répondit Zoé de son air le plus ingénu.

Voilà ce qui arrivait aux gens qui la décoiffait!

Chase affichait un air choqué on ne peut plus comique. Il fixait Zoé, totalement dégoûté, en agitant un doigt vers elle.

— Ohhhh, tu vas vraiment y goûter! dit-il en bondissant sur ses pieds.

Zoé n'allait pas se laisser prendre la tête encore une fois. Elle se releva à toute vitesse et courut jusqu'au salon des filles. Chase n'avait pas réglé ses problèmes, mais il l'avait fait rire. Zoé ouvrit la porte et entra dans le salon d'un pas décontracté. Chase arriva sur ses talons, hors d'haleine.

— Ouf! tu cours vite! dit-il, pantelant.

— Non, c'est toi qui es lent, répliqua Zoé.

— Dur, dur!

Chase espérait que Dana et Michael n'avaient pas entendu cet échange. Heureusement, ils ne faisaient pas attention à eux. Ils étaient assis sur un des divans, en grande conversation.

Un nuage rose, un séchoir à cheveux dans une main, dévala soudain l'escalier – Nicole!

— Hé, tout le monde! cria-t-elle, l'air complètement paniquée. Notre surveillante de résidence a emmené Elvis!

— Elle a pris notre chien?

Chase venait tout juste de reprendre haleine, mais il avait maintenant le souffle coupé pour une autre raison. Dana et Michael se précipitèrent pour entendre toute l'histoire.

— Comment est-ce qu'elle l'a trouvé? demanda Michael.

— Eh bien, j'étais allée aux toilettes pour vérifier mes cheveux, commença Nicole en passant les doigts dans ses longs cheveux noirs. Parce que certains jours, ils frisottent, et comme je déteste ça...

Zoé prit sa compagne de chambre par les bras. Ce n'était vraiment pas le moment de donner une conférence sur les désagréments des frisous! La S.R. avait pris Elvis!

— Alors, qu'est-ce qui s'est passé? demanda-t-elle d'un ton pressant.

— Quand j'ai ouvert la porte, Elvis est sorti. Avant que j'aie le temps de faire quoi que ce soit, la S.R. l'a attrapé...

Nicole semblait incapable de continuer. Il y avait autre chose, mais elle avait peur de le dire. Dana, Zoé, Chase et Michael attendaient impatiemment qu'elle poursuive.

— Et...? l'encouragea Michael.

Nicole fit la grimace. Elle n'avait vraiment pas envie de leur annoncer la suite... C'était trop horrible! Mais elle n'avait pas le choix.

— Et elle va l'emmener à la fourrière!

Zoé sentit ses genoux se dérober sous elle. D'abord, ses difficultés avec Dustin, et maintenant ça!

CHAPITRE 6

Le plan B

Dustin jouait à un jeu vidéo. Une sonnerie retentit et son pointage tripla. Super! Il ne s'était pas amusé autant depuis des semaines. Il avait décidé de mettre les devoirs de côté – les siens et ceux des autres – pour un moment. Il avait même pris une douche et enfilé des vêtements propres : un jean et un maillot de rugby orange et bleu. Et maintenant, il faisait une petite pause.

Malheureusement, son petit moment de liberté allait bientôt se terminer. Keith Finch et deux de ses acolytes s'approchaient d'un pas nonchalant. Keith portait un tee-shirt sur lequel un serpent venimeux semblait sur le point de mordre.

— Quoi de neuf, Dustin? demanda Keith d'une voix douce et amicale.

Dustin ne fut pas dupe. Keith était tout sauf doux et amical. Dustin soupira. Eh bien, il s'était amusé quelques minutes, au moins.

— Écoute, Keith. Laisse-moi tranquille, veux-tu?

— Et si j'veux pas? Ta grande sœur va me battre?

Ses copains se mirent à rire. Dustin ne savait pas quoi répondre. Que pouvait-il dire? La triste vérité, c'était que Zoé avait bel et bien menacé Keith. Incroyable!

— Écoute, le petit... dit Keith en se penchant vers lui.

Dustin recula pour mieux respirer.

— À partir de maintenant, tu fais mes devoirs ET mon lavage, fit Keith en lançant un énorme sac rempli de vêtements sales, qui alla atterrir sur la table devant Dustin.

Dustin n'en croyait pas ses oreilles. Il se leva.

— Voyons, Keith...

Cette grosse brute ne parlait pas sérieusement, non?

— Oh, oh! il est debout! dit le rouquin qui accompagnait Keith, en faisant mine de trembler d'effroi.

— Attention! blagua l'autre ami de Keith. Il pourrait sortir son cellulaire et appeler sa sœur à la rescousse!

— Ooohhh! gémit Keith, comme s'il était mort de peur, avant de lever la main pour taper dans celles de ses acolytes.

Les trois garçons s'éloignèrent en ricanant, laissant derrière eux le gros sac de vêtements sales.

— Regarde-moi ça!

Michael était assis sur le bras du divan, dans sa chambre, et regardait l'image sur l'écran de l'ordinateur portatif de Chase. Il n'en revenait pas.

— T'as vu ça? dit Chase en montrant l'écran du doigt.

— C'est fou!

— C'est impossible.

— C'est...

La porte de la chambre s'ouvrit; Dustin entra et la claqua derrière lui.

— J'ai besoin de conseils, annonça-t-il.

— À propos de quoi?

Michael s'était bien rendu compte que le petit frère de Zoé avait l'air plutôt sombre depuis quelque temps, et complètement épuisé par-dessus le marché.

— De la façon de remettre un imbécile à sa place! dit Dustin.

Michael et Chase se regardèrent en hochant la tête, puis se tournèrent vers Dustin, un sourire aux lèvres.

— On peut t'aider, dit Chase.

— Certainement, approuva Michael.

— Vous lui avez dit *quoi*?

Zoé n'en croyait pas ses oreilles. Elle avait toujours pensé que Chase était son ami. Qu'il voulait l'aider. Et qu'il tenait autant qu'elle à protéger son petit frère.

Chase fit la grimace. Jusque-là, la discussion ne s'annonçait pas très bien.

— Ben, tu sais, essaya-t-il d'expliquer, il faut parfois tenir tête à un gars comme Keith.

Il leva le poing en l'air.

— Lui dire d'aller se faire cuire un œuf.

Zoé le regarda fixement. Est-ce qu'il se rendait compte qu'il était en train de parler de son petit frère – qui faisait à peine un mètre quarante – et d'une brute de huitième année, de la taille d'un orignal? Zoé avait bien envie d'envoyer quelqu'un se faire cuire un œuf, et il était assis à côté d'elle sur le divan. Elle lui donna plutôt un coup de poing sur l'épaule.

— Bon, fit Chase, qu'est-ce qu'elle t'a fait, mon épaule?

C'était celle sur laquelle Zoé avait donné une claque

l'autre jour, et elle était encore douloureuse.

Zoé avait laissé Dustin se débrouiller tout seul, et voilà où ils en étaient... Son frère allait probablement se faire massacrer par un orignal sanguinaire. Vraiment pas cool!

Si personne n'était prêt à l'aider, Zoé allait devoir s'occuper de son frère elle-même. Et tout de suite. Elle se leva d'un bond et se dirigea vers la porte.

— Où tu vas?

— Aider Dustin, répliqua Zoé.

Il n'avait donc rien compris?

— Non, non, non, non, non...

Chase devait absolument l'en empêcher. Zoé était une fille intelligente, mais elle n'avait de toute évidence aucune idée du tort qu'elle pouvait faire à la réputation de son frère.

— Tu peux pas faire ça!

— Je peux quand même pas laisser mon petit frère faire face à ce stupide imbécile deux fois plus gros que lui! répliqua Zoé, furieuse.

— Écoute, dit Chase le plus calmement possible, voulant à tout prix qu'elle comprenne. Keith aura beau faire n'importe quoi à Dustin, ce sera mieux que d'être la risée de tous les élèves de l'école parce qu'il a besoin de sa sœur comme garde du corps.

Zoé prit une grande inspiration pour essayer d'assimiler ce que Chase venait de lui dire. Évidemment, c'était stupide de risquer une raclée, mais elle devait admettre que Chase avait un peu raison. « C'est une affaire de gars », se dit-elle. Mais il y avait peut-être une autre solution.

— D'accord, dit-elle. Viens avec moi.

— Où ça? demanda Chase, éberlué.

— J'ai quelques idées, répondit Zoé en haussant les sourcils.

— Zoé...

Il connaissait trop bien les idées de Zoé...

— Tout de suite!

Elle agrippa Chase par le col de son polo noir et blanc, et l'entraîna hors du salon.

— J'ai fini de noter vos devoirs.

M. Kirby circulait entre les pupitres, pendant le cours de géométrie, pour remettre les devoirs aux élèves. Comme toujours, il était d'un calme imperturbable. Dustin admirait cette qualité chez son prof de maths. D'après certaines rumeurs, il faisait du surf tous les matins avant les cours – c'était peut-être ce qui le rendait aussi zen. Dustin, lui, était très loin de se sentir zen. Il était épuisé d'avoir veillé une partie de la nuit pour faire des devoirs et du lavage. Il était énervé par tout le café qu'il avait bu. Et il avait l'estomac noué, résultat du harcèlement et de l'humiliation qu'il avait subis, ou d'un régime trop riche en Bing Bong.

— Keith, tu as très bien travaillé. Tu t'es beaucoup amélioré.

M. Kirby tendit son devoir à Keith. Dustin résista à l'envie de se donner à lui-même une tape dans le dos. Même privé de sommeil, il était plus intelligent que cet imbécile. Si seulement il était assez gros pour effacer le sourire méchant qu'arborait Keith...

— Excusez-moi, monsieur Kirby.

Dustin était tellement occupé à rêvasser à une douce

revanche qu'il n'avait pas entendu Michael entrer. Michael remit une note à M. Kirby et sortit aussitôt.

Le professeur jeta un coup d'œil sur le bout de papier.

— Keith, tu es convoqué au bureau du directeur, dit-il sans s'émouvoir.

Un chœur de « ooooohh! » s'éleva dans la classe pendant que Keith se levait. Il s'était fait prendre!

— Bon, ça suffit! dit M. Kirby en secouant la tête tandis que Keith se dirigeait vers la porte.

En sortant, Keith jeta à Dustin un regard mauvais. Comme tous les autres, Dustin était ravi de voir que cette grosse brute s'était fait prendre. Mais il se demandait bien pourquoi...

Keith ouvrit précautionneusement la porte du bureau du directeur. Il y était déjà venu, et il savait généralement pourquoi il y était convoqué. Aujourd'hui, il n'en avait aucune idée. Bien sûr, il avait eu un peu d'aide pour ses devoirs... et son lavage. Mais personne n'était au courant, à part ses amis, qui ne l'auraient jamais dénoncé, et cette crevette de Dustin. Un homme à moustache, qu'il n'avait jamais vu, était assis au bureau du directeur. Derrière ses lunettes, ses yeux lançaient des éclairs.

— Fermez la porte et assoyez-vous, ordonna l'homme.

Manifestement, il n'avait pas envie de plaisanter. Keith ferma la porte et s'assit.

— Je suis très mécontent de vous, monsieur Finch, dit l'homme sévèrement.

Keith eut l'impression d'entendre son père. Mais il n'avait jamais vu cet homme avant. Qui était-ce?

— Vous n'êtes pas le directeur, dit Keith lentement, en

espérant que l'homme allait se présenter.

C'était peut-être un policier?

— Un peu de respect! tonna l'homme.

— Qui êtes-vous? demanda Keith.

— Il se trouve que je suis le préfet de discipline, gronda l'homme.

Il se leva et contourna lentement le bureau tout en boutonnant sa veste.

Il y avait un préfet de discipline à la PCA? Keith ouvrit la bouche pour demander ce que c'était exactement. Mais le préfet le rabroua avant même qu'il puisse placer un mot.

— Taisez-vous! ordonna-t-il d'une voix forte.

— Bon, bon.

Keith aurait voulu demander pourquoi il avait été convoqué, mais il préféra se taire. Il était dans le pétrin. Moins il en dirait, mieux ce serait.

Le préfet tournait dans le petit bureau comme un lion en cage – un lion affamé et enragé.

— On m'a dit que vous harceliez certains élèves plus jeunes. Est-ce exact?

L'homme s'arrêta devant la chaise de Keith et le regarda dans les yeux.

— Euh... eh bien... bredouilla Keith, nerveux, en se creusant les méninges pour trouver une façon de s'en sortir.

— Ne vous avisez surtout pas de mentir! gronda le préfet.

Il ne servait à rien de jouer au plus fin avec cet homme. D'ailleurs, Keith n'arrivait pas à trouver un mensonge assez convaincant.

— Ouais, je suppose qu'on peut dire ça.

— Vous supposez? répéta le préfet, la voix dégoulinante de sarcasme et de colère.

— Oui, admit Keith.

— Oui, quoi? Allez, dites-le, Finch! Dites-le-moi!

Le préfet se pencha au-dessus du garçon. Il était tellement proche que Keith en avait les idées embrouillées.

— Il... Il m'arrive de harceler les petits! répondit Keith nerveusement.

Voilà, c'était dit! Un grand silence envahit le bureau et Keith attendit que le couperet tombe.

— Vous voulez dire qu'il vous *arrivait* de les harceler? demanda le préfet d'une voix basse et menaçante.

— Hein? demanda Keith, abasourdi.

Le préfet se baissa, tellement près de Keith que celui-ci pouvait sentir son haleine chaude, et agita l'index sous son nez.

— Si jamais j'entends dire que vous vous en êtes pris à un autre élève de la PCA – surtout à un plus jeune –, je vous fais expulser tambour battant, c'est bien compris? poursuivit le préfet en postillonnant dans le visage de Keith.

Keith avait parfaitement compris le message.

— Oui, monsieur. Sauf l'histoire du tambour battant.

— Sortez d'ici! tonna le préfet en se redressant.

— Oui, monsieur!

Keith ne se le fit pas dire deux fois. Il bondit de sa chaise, se rua sur la porte et la claqua derrière lui.

Zoé et Chase, cachés dehors sous la fenêtre, avaient tout entendu. Ils se précipitèrent dans le bureau par l'autre porte dès que Keith eut disparu.

— Félicitations, Herb, t'as été génial! s'exclama Zoé.

Elle l'avait vu déclamer du Shakespeare, mais elle n'était pas sûre qu'il serait aussi convaincant dans son rôle de « préfet de discipline »!

— Ouais! J'étais dehors et j'en tremble encore! fit Chase en secouant la tête, ébahi.

Herb se débarrassa rapidement de la fausse moustache et des lunettes du terrifiant préfet de discipline et redevint instantanément le gentil concierge qu'il était.

— Vraiment? C'était bon?

Il n'avait pas joué un aussi beau rôle depuis longtemps et il était bien content d'avoir pu exercer ses talents d'acteur ici même, sur le campus.

— J'ai jamais vu un concierge aussi bon acteur! dit Chase, complètement transporté.

Il devait admettre que c'était une des meilleures idées de Zoé depuis qu'il la connaissait!

— Merci! fit Herb en souriant.

Zoé et Chase lui rendirent son sourire.

— Et maintenant, ajouta-t-il, vous allez m'excuser, il y a une toilette bouchée qui m'appelle dans le gymnase.

Beurk! Herb se hâta de sortir avec son débouchoir à ventouse sous le regard dégoûté de Chase et de Zoé.

Au tour de Dustin

Dustin avait l'estomac de plus en plus noué. Il ne s'amusait même plus avec ses amis, trop préoccupé par ses démêlés avec Keith. Chase et Michael avaient raison. Il fallait qu'il fasse quelque chose. Il n'avait pas le choix.

— Hé... le voici, annoncèrent les copains de Dustin.

Mais Dustin avait déjà aperçu son tortionnaire. Il prit une grande inspiration en regardant Keith descendre lourdement l'escalier.

— T'es sûr que c'est ce que tu veux faire? demanda un de ses amis, les yeux écarquillés.

« Non! » pensa Dustin. Mais s'il n'était pas prêt maintenant, il ne le serait jamais.

— Ouais! répondit-il en avalant une grosse gorgée de sa boisson gazeuse pour se donner du courage.

Dustin fit quelques pas vers Keith. Il était tellement concentré qu'il ne remarqua pas la foule qui grossissait sur la pelouse. Il ne vit même pas Chase et Zoé approcher, puis se cacher derrière l'enseigne de la PCA pour observer la scène.

— Hé, Dustin... commença Keith.

Dustin l'interrompit.

— Tais-toi! fit-il de sa plus grosse voix.

Il tremblait comme une feuille en dedans, mais il n'était plus question qu'il se laisse marcher sur les pieds par Keith. Il était temps qu'il lui dise de le laisser tranquille.

— Hein? demanda Keith, éberlué. Écoute, je suis seulement venu te dire...

— J'en ai par-dessus la tête de toi, Keith Finch, dit Dustin en l'interrompant une deuxième fois. J'en ai assez de faire tes quatre volontés!

— Écoute... fit Keith sans réussir à placer plus d'un mot.

— À partir de maintenant, tu vas faire tes devoirs toi-même.

— Écoute...

— Et j'ai fini de faire ta stupide lessive, parce que ça sent mauvais... exactement comme toi.

Dustin n'en revenait pas lui-même. Et les autres élèves assemblés sur la pelouse semblaient tout aussi abasourdis.

Derrière l'enseigne, Zoé se tourna vers Chase. Ses idées étaient bonnes, mais apparemment, les conseils de Chase n'étaient pas mal non plus. Elle n'avait jamais vu son petit frère dans un état pareil! Évidemment, le « préfet de discipline » avait déjà semé la terreur dans l'esprit de Keith. Mais Dustin était impressionnant!

— À partir de maintenant, tu me fiches la paix, compris? ajouta Dustin.

— Ouais, c'est sûr. D'accord, dit Keith, qui leva les bras et fit demi-tour.

Incroyable! Dustin fixa le dos de Keith tandis qu'il s'éloignait. Il avait réussi! Il avait tenu tête à Keith Finch jusqu'au bout! Ses amis, avec quelques autres élèves qui avaient vu toute la scène, l'entourèrent pour le féliciter à coups de tapes dans le dos.

— Bravo! C'était super! Il a complètement perdu la face!

— Allez, viens, il faut fêter ça! suggéra un de ses amis.

Dustin secoua la tête. Il était encore sous le choc. Un Bing Bong et une boisson gazeuse seraient délicieux, mais pour le moment, il avait quelque chose de plus... euh... de plus urgent à faire.

— Non! fit-il en agitant la main vers ses amis. Je vais d'abord changer de bobettes.

Zoé parcourut sa chambre du regard en souriant. Les choses s'arrangeaient... Assise sur l'accoudoir du divan, elle écoutait Chase raconter à Nicole et Michael tout ce qui s'était passé pendant l'après-midi, en particulier la confrontation entre Dustin et Keith.

— Et puis il a dit « Et ta stupide lessive sent mauvais... exactement comme toi », récita Chase en souriant.

Il en remettait un peu. C'était sûrement une des meilleures histoires qu'il ait racontées depuis longtemps. En plus, c'était réellement arrivé!

— Pas vrai! fit Michael, ravi.

Dustin avait suivi leurs conseils et s'était parfaitement débrouillé!

Zoé prit une gorgée de jus. Elle s'était joué et rejoué la scène en imagination tout l'après-midi, et elle était encore excitée d'entendre Chase en faire le récit. Dustin avait vraiment réussi à faire reculer cette brute, et elle ne l'avait presque pas aidé...

— Sans blague?

Nicole se leva et sortit une bouteille de jus du mini-frigo, en essayant d'imaginer le face-à-face entre Dustin et Keith.

— Ouais, c'était génial!

Zoé n'avait pas été aussi fière de Dustin depuis qu'il avait été admis au cours de géométrie de huitième année.

La porte s'ouvrit tout à coup, et Dana entra dans la pièce, vêtue d'un jean noir et d'une blouse noir et violet qui lui allaient à merveille. Mais pourquoi avait-elle une épaisse couverture bleue dans les bras?

— Quoi de neuf, vous autres? demanda Dana comme si de rien n'était.

Elle souleva délicatement la couverture pour laisser apparaître un museau brun bien connu, au milieu d'une petite tête blanche aux oreilles brunes.

— Elvis! s'écrièrent les autres en se levant d'un bond.

Chase n'en revenait pas. Il avait eu très peur qu'Elvis soit parti pour de bon.

Michael prit le chiot, avec sa couverture, et lui gratta vigoureusement le dessus de la tête.

— Hé, p'tit gars! dit-il, le visage illuminé d'un grand sourire.

Il s'était vraiment ennuyé de son copain à quatre pattes.

— Comment t'as fait pour le ravoir? demanda Chase, tellement content de retrouver Elvis qu'il avait presque envie de faire le beau!

Dana haussa les épaules, impassible.

— Je suis sortie du campus en cachette, j'ai pris l'autobus jusqu'à la fourrière et je l'ai repris, fit-elle comme si c'était la chose la plus simple du monde.

Zoé ouvrit de grands yeux éberlués. Elle était sortie du campus en cachette? Pour un chien? Dana? En fait, la sortie en cachette ne l'étonnait pas vraiment, mais le reste...

— Tu vois! gazouilla Zoé. Tu l'aimes bien, toi aussi!

C'était la preuve que Dana avait un petit côté sentimental...

— Je pense que oui, approuva Chase.

— Ben, non! grommela Dana en faisant de son mieux pour avoir l'air insultée.

— Oh, oui! ajouta Nicole. Dana aime Elvis! Dana aime Elvis!

Zoé se joignit à elle. Ça ne faisait aucun doute. Michael avait pris Elvis dans ses bras et le berçait. Ce chiot était vraiment irrésistible!

— Bon, ça va! admit Dana, qui aimait en effet beaucoup le petit animal. Mais s'il y en a un parmi vous qui raconte à quiconque que j'ai fait quelque chose de gentil, il va avoir affaire à moi!

Elle avait une réputation à préserver, après tout.

Michael, Chase et Zoé, sourire aux lèvres, regardèrent Dana quitter la pièce en claquant la porte derrière elle. Son secret serait bien gardé.

Ils se rassemblèrent tous autour d'Elvis pour le flatter et lui gratter les oreilles.

Une seconde plus tard, Dana repassa la tête dans l'embrasure de la porte.

— La S.R. s'en vient! annonça-t-elle.

— Zut, qu'est-ce qu'on fait? demanda Michael, paniqué.

Ils ne voulaient surtout pas perdre Elvis encore une fois!

Zoé et Nicole se regardèrent. Il n'y avait qu'une seule façon de s'en sortir.

— Le tour! dit Nicole en levant le doigt.

— Quel tour? demanda Chase, éberlué.

— On lui a montré un tour! précisa Zoé, pressée.

Elle n'avait pas le temps de lui expliquer.

— Pose-le! ordonna Nicole à Michael, en regardant tour à tour Elvis, puis la porte.

Zoé attendit qu'Elvis ait les quatre pattes par terre.

— T'es prêt, Elvis? Cache-toi!

Elle espérait que le truc fonctionnerait. Elvis la regarda une seconde, puis se dirigea vers une pile d'animaux en peluche, se coucha et resta parfaitement immobile. Il se rappelait manifestement ce que les filles lui avaient appris. Ainsi entouré de jouets, il ressemblait à s'y méprendre à un petit chiot en peluche. Il était temps!

Coco, la surveillante de la résidence, entra sans frapper et parcourut la pièce du regard. Elle semblait de mauvaise humeur.

— Bonjour, Coco, dirent-ils tous en chœur.

Zoé fit de son mieux pour avoir l'air calme. Il n'était pas question qu'ils se fassent enlever Elvis encore une fois!

Coco regardait autour d'elle, comme si elle cherchait quelque chose à leur reprocher.

— Bon! dit-elle enfin en haussant les sourcils. On dirait qu'on a un problème, ici!

Elle ne pouvait sûrement pas avoir aperçu Elvis. Il était parfaitement immobile, comme Zoé et Nicole le lui avaient montré.

— Un problème? répéta Nicole en regardant Coco avec un sourire innocent.

C'était parfois utile d'avoir une réputation de tête de linotte...

— Vous connaissez la règle, dit Coco comme si elle s'adressait à des enfants de cinq ans.

Chase et Michael étaient terriblement nerveux. C'était fini!

— Pas de garçons dans les chambres des filles après huit heures!

Coco regarda sa montre, impatiente.

— Et il est huit heures et quatre minutes.

Zoé n'avait jamais vu deux garçons aussi soulagés. Michael et Chase levèrent les mains comme des criminels venant d'être capturés.

— On s'en allait, dit Chase.

— Ouais, nous ne serons bientôt qu'un souvenir, ajouta Michael.

Coco leur jeta un regard excédé par-dessus son épaule.

— Dépêchez-vous, dit-elle en refermant la porte.

Dès qu'elle eut le dos tourné, on entendit un grand soupir collectif. Ils l'avaient échappé belle!

— Viens ici, Elvis!

Zoé tendit les bras et Elvis s'y précipita. Il avait joué la comédie aussi bien que Herb, le concierge!

— Bon chien! Oui, c'est bien!

— Qui a fait ça comme un pro? C'est mon gros toutou! chantonna Nicole en grattant ses oreilles tombantes.

— Ça, c'est la meilleure eau en bouteille, déclara Nicole en regardant l'étiquette.

La journée s'annonçait magnifique, encore une fois. Zoé, Nicole et Chase se rendaient à leurs cours.

Zoé jeta à Nicole un regard de côté. Qu'est-ce que c'était que cette fille? Il lui arrivait de s'enthousiasmer pour des choses tellement étranges...

— C'est juste de l'eau, lui rappela-t-elle.

— Je déteste l'eau, fit Chase, qui pédalait lentement à côté des filles.

Il tâchait d'éviter l'eau le plus possible. Ça ne goûtait rien. Il préférait de loin les boissons gazeuses.

Zoé leva les yeux au ciel derrière ses lunettes teintées de rouge, assorties à son tee-shirt rouge et à sa ceinture rétro à carreaux rouges et blancs.

Zoé attendait la suite des commentaires de Nicole sur cette délicieuse H^2O, mais Nicole pointa plutôt le menton vers quelqu'un qui arrivait à l'autre bout du chemin. C'était Dustin.

— Bonjour, Zoé, fit Dustin, un peu emprunté, comme s'ils étaient de simples connaissances qui ne s'étaient pas vues depuis longtemps.

En fait, il n'avait pas revu sa sœur depuis qu'il avait envoyé promener Keith. Il s'était passé beaucoup de choses entre-temps, et Dustin devait admettre que sa sœur lui manquait beaucoup.

— Bonjour, répondit Zoé en enlevant ses lunettes de soleil.

Elle ne savait pas trop quoi ajouter. Elle décida donc d'aller droit au but.

— Tu me détestes encore?

Dustin la laissa poireauter une seconde. Elle l'avait

vraiment mis dans une situation embarrassante.

— Non! J'essayais de m'aider, c'est tout, dit-il enfin en haussant les épaules.

— Merci, répondit Zoé avec un grand sourire. Je te promets que je vais te laisser mener tes propres batailles à l'avenir.

— Très bien, mais...

Dustin ne voulait quand même pas que Zoé le laisse complètement tranquille.

— Tu peux quand même essayer de m'aider à avoir l'air plus cool?

Nicole se mit à rire, soulagée de voir que Dustin et Zoé s'étaient réconciliés et que Dustin était assez astucieux pour suivre les conseils vestimentaires de sa sœur. Elle-même avait consulté Zoé ce matin, et elle s'était retrouvée avec un ensemble génial : tee-shirt rose, bordé de vert aux manches, et jupe verte avec ceinture assortie.

Zoé regarda son petit frère. Il avait vraiment besoin de son aide. Il avait l'air beaucoup trop... sage.

— Je m'occupe de sa chemise, dit Zoé à Nicole. Tu t'occupes de ses cheveux.

Zoé sortit les pans de la chemise bleu foncé de Dustin pendant que Nicole ébouriffait prestement ses cheveux blonds coupés en dégradé.

— Les chaussettes, leur rappela Chase.

— Ah, oui! fit Zoé en rabaissant rapidement les chaussettes de son frère. Voilà. Très cool!

— Merci, fit Dustin en souriant.

Il se sentait déjà mieux. Il aperçut quelques-uns de ses

51

amis par-dessus l'épaule de Zoé.

— À plus! salua-t-il. Hé, les gars, attendez-moi!

Zoé regarda son petit frère s'éloigner en courant. Un de ses lacets était défait. Il risquait de trébucher!

— Attends! lui cria-t-elle. Attache ton lacet! Dustin! Dus...

Nicole posa la main sur la bouche de Zoé. Est-ce qu'elle apprendrait, un jour?

Zoé se mordit la langue.

— Contente-toi d'avancer, dit Chase.

Nicole et Chase poussèrent Zoé vers l'avant. Peut-être qu'ils avaient raison. Peut-être qu'elle traitait Dustin comme un bébé. Mais c'était *son petit frère*, après tout. Zoé sourit intérieurement en voyant Herb balayer le chemin tout en récitant du Shakespeare. S'il était capable de se transformer en préfet de discipline, elle devait bien être capable, elle, d'agir davantage comme une sœur et moins comme une mère.

Encore du théâtre

Zoé était assise à côté de Nicole au pavillon des arts, dans la première rangée de la classe de théâtre. En fait, ce n'était pas vraiment une classe – plutôt un petit auditorium. Des rangées de chaises occupaient la moitié de la salle, tandis qu'une estrade couverte de coussins, de meubles et d'accessoires prenait l'autre moitié. M. Fletcher, le prof de théâtre, était debout devant l'estrade. Avec ses cheveux blond-roux clairsemés, ses lunettes de lecture et sa veste grise, il avait l'air plutôt... conservateur. Mais M. Fletcher avait un petit côté artistique qui faisait surface régulièrement.

Depuis que Keith avait cessé de harceler Dustin, les choses étaient rentrées dans l'ordre à la PCA. C'était un soulagement. Zoé adorait sa nouvelle école, mais ses journées étaient bien remplies : les amis, les devoirs, les entraînements de basket, les soins à Elvis... La liste était longue. Et maintenant, il allait y avoir autre chose à ajouter : la pièce de l'école!

— Bon, avant que vous partiez, je voudrais vous parler de notre production annuelle de l'automne, annonça M. Fletcher en regardant ses élèves par-dessus ses lunettes de lecture.

Zoé sourit. M. Fletcher était totalement incapable de cacher son enthousiasme. Il était excité comme un enfant devant un cornet de crème glacée.

— S'il vous plaît, dites *Annie*, s'il vous plaît, dites *Annie*, s'il vous plaît, dites *Annie*...

Derrière elle, un garçon appelé Mark marmonnait tout seul. Il avait croisé ses doigts boudinés et les agitait dans les airs. Zoé jeta un regard entendu à Chase, assis à côté de Mark. Mark ne semblait pas le genre de garçon à vouloir monter une comédie musicale sur une orpheline aux cheveux roux, mais c'était manifestement un maniaque d'Annie.

M. Fletcher agita les mains dans un geste théâtral.

— J'ai l'immense plaisir de vous annoncer que cette année, nous allons monter une pièce écrite par un de nos élèves, M. Chase Matthews!

Tout souriant, il tendit les bras vers Chase avec emphase.

Quelques élèves se mirent à siffler et à applaudir.

— Bravo, Chase! lança l'un d'eux.

— Ouais! fit un autre.

Chase, modeste, hocha la tête et leva les mains pour protester, un peu gêné. Il était très satisfait de sa pièce, mais si les autres – Zoé, par exemple – trouvaient ça stupide?

Zoé se tourna pour sourire à Chase, qui avait l'air comme d'habitude, avec son short cargo et son tee-shirt rouge foncé sous une chemise trop grande pour lui. Il n'avait parlé de sa pièce à personne. C'était vraiment cool!

Le seul qui n'était pas content, c'était Mark, le maniaque d'Annie. Il regardait Chase, furieux. Heureusement, la cloche sonna. Chase poussa un soupir de soulagement.

— La cloche... marmonna M. Fletcher. N'oubliez pas que

les auditions commencent aujourd'hui à trois heures, rappela-t-il aux élèves qui sortaient de la classe.

Mark s'arrêta devant Chase. Son polo rayé bleu était sorti de son pantalon, et il avait l'air un peu... inquiétant.

— Je voulais le rôle d'Annie, grogna-t-il en hissant son sac à dos jaune sur son épaule avant de s'éloigner.

Chase regarda Nicole et Zoé d'un air entendu.

Les trois amis sortirent profiter du soleil de la Californie. Chase était à la PCA depuis quelques années, mais il était toujours ébloui par la beauté de l'endroit. L'océan compensait à lui seul tout le travail qu'ils avaient à faire... enfin, presque!

— Alors, c'est sur quoi, ta pièce? demanda Zoé tandis qu'ils prenaient le sentier.

Elle devait admettre qu'elle avait eu la piqûre dès le début du cours de théâtre. Elle allait certainement passer l'audition pour la pièce, et elle mourait d'envie d'en savoir plus long.

— Ben... dit Chase, hésitant, car il voulait rendre le sujet intéressant. C'est une histoire d'amour tout à fait classique. Il y a un vaisseau spatial qui s'écrase sur la Terre, et une extraterrestre qui est rescapée par un sauveteur sur la plage.

Il jeta à Zoé un regard de biais pour voir si elle aimait l'idée. Elle était très jolie, avec son tee-shirt bleu imprimé, sa jupe à fleurs bleues et ses chaussures de toile assorties.

Nicole regarda Chase avec de grands yeux admiratifs. Cette pièce lui avait sûrement demandé beaucoup de travail et aussi beaucoup de créativité.

— Et c'est toi qui vas jouer le sauveteur? demanda-t-elle en levant un sourcil interrogateur.

— Oui, c'est moi, confirma Chase.

— Eh bien, je vais essayer d'avoir le rôle de l'extraterrestre, dit Zoé avec enthousiasme.

Ses yeux bruns brillaient. Peut-être parce que Chase avait écrit la pièce. Ou peut-être parce qu'elle était inspirée par la prestation de Herb dans le rôle du « préfet de discipline ». En tout cas, elle attendait avec impatience les auditions de l'après-midi.

— Moi aussi! s'écria Nicole, dont les cheveux noirs flottaient dans la brise.

Ce serait sûrement amusant de jouer une extraterrestre.

— Cool! fit Chase.

Enfin, il y aurait de vraies filles pour jouer les rôles féminins!

— Parce que, vous savez, c'est la première année qu'il y a des filles aux auditions de la PCA.

Nicole inclina la tête. Elle n'avait pas pensé à ce détail.

— Oh, oui, c'est vrai! dit-elle.

Zoé s'arrêta une seconde.

— Alors, qui jouait les rôles féminins avant qu'il y ait des filles à la PCA? demanda-t-elle.

Chase regarda Zoé. Il fallait vraiment qu'elle pose la question? Les images se bousculèrent dans sa tête – une en particulier : il était sur la scène, dans une tenue jaune et blanc de meneuse de claque. Tout y était, depuis la minijupe à plis jusqu'à la queue de cheval blonde qui lui piquait le crâne et qui était, au mieux... surprenante.

« Yé, oh, yé! » s'entendait-il encore scander. Beurk! Les gars lui en avaient reparlé tout le reste de l'année. Ils l'avaient surnommé Chase la Claque et criaient son nom partout sur le campus. Le cauchemar, quoi! Heureusement, tout le monde semblait avoir oublié l'épisode au cours de l'été. Et il n'aurait jamais plus à jouer un rôle féminin.

Chase s'éclaircit la gorge.

— J'aime autant ne pas en parler, admit-il.

Zoé et Nicole s'efforcèrent de ne pas rire trop ouvertement. Zoé avait une assez bonne idée de la réponse à sa question, mais elle décida de ne pas insister.

— En tout cas, je trouve ça super que t'aies écrit une pièce, dit-elle en souriant.

Chase était un gars tellement cool. Il faisait un tas de choses différentes des autres et n'avait pas peur d'être lui-même.

— Oui, renchérit Nicole. J'en reviens pas que tu nous aies rien dit.

— Bof... fit Chase en hochant la tête.

Il n'avait soufflé mot de sa pièce à personne.

— J'avais un peu peur que certaines personnes trouvent ça débile, admit-il.

Zoé et Nicole, c'était une chose. Mais certains des gars de l'école...

Nicole regarda Chase, incrédule. Qui aurait pu penser une chose pareille?

— Voyons donc! dit-elle.

Zoé secoua la tête vigoureusement.

— C'est pas débile du tout, ajouta-t-elle.

— C'est tellement débile! déclara Logan avec un sourire

entendu, en enfilant une de ses chaussures de sport noires.

Il n'en revenait pas d'habiter avec un gars qui avait passé des heures et des heures à écrire une stupide pièce de théâtre pour un travail scolaire – et qui voulait jouer dedans!

Chase leva les yeux de son ordinateur portatif argenté et fit la grimace.

— Merci, fit-il, sarcastique. C'est très gentil de ta part.

Michael se glissa sur le divan à côté de Chase.

— Moi, je trouve ça plutôt cool, dit-il. Et je vais passer une audition.

— Bonne idée! approuva Chase, heureux du commentaire de son autre compagnon de chambre.

Michael n'avait jamais peur de donner son avis, même quand il n'était pas d'accord avec Logan.

— Oh, comme c'est mignon! fit Logan, moqueur. Chase et Michael vont jouer dans une petite pièce ensemble. Quand est-ce qu'on va vous acheter des jupes? ajouta-t-il en riant de sa propre blague.

Chase jeta un regard féroce à Logan. Il était vraiment bête quand il s'y mettait...

— OK, moque-toi tant que tu veux, idiot. Tous les autres trouvent ça cool.

Logan secoua la tête et se pencha pour attacher son autre chaussure.

— Pourquoi tu perds ton temps au club de théâtre? Pourquoi tu joues pas au football ou quelque chose de ce genre?

« Parce que je suis nul au football », pensa Chase. Mais il ne pouvait pas l'admettre devant Logan. Son copain excellait dans tous les sports. C'en était même un peu agaçant.

— Parce qu'il y a des tas de filles au club de théâtre, répliqua Chase, content d'avoir trouvé une réponse qui non seulement était vraie, mais ferait râler un peu Logan.

— Et puis j'ai vu l'équipe de football, ajouta Chase, narquois.

Suivante!

Dustin se dirigeait vers la chambre de Zoé en toussant à fendre l'âme. Il portait encore son pyjama bleu marine et ses pantoufles, trop mal en point pour se donner la peine de s'habiller. Il avait le nez bouché et un mal de tête carabiné, et il toussait toutes les deux secondes.

Il leva faiblement la main et frappa à la porte. Dana ouvrit un instant plus tard.

— Hé, fit Dustin, épuisé.

Il n'y avait rien de plus pénible que d'être malade. Il espérait que Zoé pourrait lui donner des conseils, un médicament... ou même une collation santé.

— Salut! Est-ce que Zoé est ici?

— Non, répondit Dana.

Elle était en train d'écouter un disque de son groupe préféré et cette interruption l'irrita un peu. Avec deux autres filles dans la chambre, elle n'avait pas souvent l'occasion d'être seule, et elle tenait à en profiter.

— Sais-tu où elle est? demanda Dustin, les épaules basses.

— Non, répéta Dana.

Elle n'avait pas de temps à perdre avec ce genre de

choses! Elle n'était pas la gardienne de Zoé, après tout.

— Parce que je suis malade, alors je me demandais...

Dana n'attendit pas la suite de l'histoire larmoyante que lui racontait Dustin. Encore la semaine dernière, il se plaignait que Zoé se prenait pour sa mère. Et aujourd'hui, il venait la voir parce qu'il était malade? Avec un léger – très léger – sentiment de culpabilité, Dana referma la porte avant qu'il ait fini de parler.

Dustin fixa le tableau blanc sur la porte, devant lui. Où était sa sœur quand il avait besoin d'elle? Eh bien, tant pis... Il devrait se contenter de ses derniers vers en gelée. Il fit demi-tour pour retourner à sa chambre et aperçut Quinn – la fille étrange qui faisait toujours des expériences scientifiques. Zoé avait partagé la chambre de Quinn quelques jours, pendant la deuxième semaine d'école, à cause de ses difficultés avec ses copines de chambre, et elle lui avait appris des détails intéressants. Quinn le regardait d'un drôle d'air, comme si elle avait une idée derrière la tête...

— Salut, Dustin, dit-elle avec un sourire d'illuminée, ses six petites tresses sautillant légèrement.

— Salut, Quinn.

— Est-ce que tu viens de dire que t'étais malade? demanda-t-elle en l'examinant attentivement.

Si Dustin était malade, elle pourrait peut-être essayer ses dernières découvertes sur lui. Enfin, un vrai cobaye humain!

Dustin ressentit soudain une étrange impression. Il devait s'enfuir... Le problème, c'était qu'il était trop fatigué.

— Ouais, j'ai attrapé un rhume, et puis je trouve pas Zoé, expliqua-t-il.

Quinn saisit Dustin par les épaules et se pencha pour lui

examiner le visage. Elle pouvait l'aider bien plus que sa sœur Zoé. Elle pouvait le guérir!

— Tu fais de la fièvre? Tu craches du mucus? T'es plein de microbes? psalmodia-t-elle.

Dustin haussa les épaules.

— Je suppose, dit-il.

La situation devenait inquiétante...

— Excellent, fit Quinn en se redressant.

Dustin était un spécimen absolument parfait.

— Hein? fit Dustin.

Il avait les idées un peu embrouillées. Est-ce que Quinn venait de dire que ses symptômes étaient excellents?

— Je peux te guérir, fit Quinn en hochant la tête d'un air excité. Viens avec moi.

Elle prit Dustin par la main et l'entraîna dans le couloir.

Dustin n'avait aucune idée de ce qui l'attendait. Mais il était trop fatigué pour résister, et il avait mal partout. De toute manière, Quinn était bizarre, mais pas méchante. Il ne risquait pas grand-chose, après tout...

Zoé était assise dans la classe de théâtre avec les autres filles venues passer une audition. Elle avait lu le scénario un peu plus tôt et attendait son tour avec impatience.

Chase et M. Fletcher étaient debout devant la scène et leur souhaitaient la bienvenue.

— Bon après-midi, mesdemoiselles, commença Chase. Merci d'être venues auditionner pour la pièce.

Il souriait pour les mettre à l'aise. Il voulait que chacune d'elles fasse sa meilleure prestation. Il espérait secrètement que

Zoé obtiendrait le rôle de l'extraterrestre, mais il devait se montrer juste. Elles méritaient toutes leur chance.

— Voyons voir, dit M. Fletcher, en lisant par-dessus ses lunettes la liste de noms sur sa planchette à pince. Nous allons d'abord entendre Jodi Lockwood.

Jodi sourit et bondit de sa chaise, ravie d'être la première. Elle se hâta vers la scène pour prendre place à côté de Chase, ses petites couettes tressautant à chacun de ses pas.

— Oh, et n'oubliez pas, expliqua Chase. La pièce se déroule sur une plage, à Hawaï, et je viens de vous repêcher dans l'océan, moi, le beau sauveteur.

Il fit un sourire un peu gêné. Il ne se trouvait pas vraiment beau. Mais le sauveteur était censé l'être, bien sûr, et M. Fletcher lui avait dit que le premier rôle lui revenait de droit puisque c'était sa pièce. Donc, pour le moment du moins, il était beau.

— Hum... bon... on y va. Scène G, ajouta Chase.

Il baissa les yeux sur son texte et s'éclaircit la gorge. Il n'avait jamais lu devant une bande de filles, et il voulait avoir l'air de savoir ce qu'il faisait.

— Ouf! vous avez bien failli vous noyer, récita Chase en essayant de paraître naturel.

Ce n'était pas vraiment difficile, puisqu'il avait écrit la pièce. Il connaissait toutes les répliques par cœur.

— Ça va? ajouta-t-il.

Jodi lisait le texte qu'elle tenait à hauteur de la taille.

— Je pense que oui! hurla-t-elle. Sur quelle planète sommes-nous?

Elle agitait constamment la tête comme un oiseau à la recherche de vers.

Chase fit la grimace. Pourquoi hurlait-elle? Il n'avait jamais dit que le sauveteur était sourd!

— Vous ne savez pas sur quelle planète on est? demanda-t-il d'une voix normale, en la regardant de côté.

— Non! hurla-t-elle de plus belle. J'ai perdu la maîtrise de mon vaisseau spatial, et il a plongé dans l'océan!

Dans la salle, quelques filles se bouchèrent les oreilles pour étouffer sa voix assourdissante. Assis à sa table, M. Fletcher secouait la tête, l'air désolé.

Chase n'en pouvait plus.

— Euh, pourquoi tu cries? demanda-t-il.

— Je projette ma voix, expliqua Jodi avec un grand sourire.

M. Fletcher semblait un peu découragé.

— Suivante, appela-t-il.

Marta prit place au centre de la scène, à côté de Chase. Elle portait une blouse sans manches, à rayures bleues et blanches, et tenait son texte tout près du corps. Chase espérait que Marta ne hurlerait pas. Mais il ne s'attendait certainement pas à ce qui sortit finalement de sa bouche.

— J'ai perdu la maîtrise de mon vaisseau spatial, et il a plongé dans l'océan, alors je me suis mise à nager, chanta-t-elle comme une cantatrice d'opéra.

Chase fit la grimace. Dans l'auditoire, les filles levèrent les yeux au ciel. Au fond de la salle, M. Fletcher penchait la tête de côté. Mais qu'est-ce qu'elle faisait?

Marta s'arrêta et abaissa la main qui tenait son texte.

— C'est bien une comédie musicale, hein? demanda-t-elle, un peu gênée tout à coup.

— Non, pas vraiment, répondit Chase.

Marta se retourna et quitta la scène, l'air terriblement déçue.

Chase attendait que M. Fletcher lise le nom de la fille qui devait passer l'audition suivante quand Mark monta sur l'estrade. Quelques-unes des filles se mirent à rire tout haut. Chase le regarda, incrédule. Mark portait une robe rouge et blanc, et une perruque rousse toute bouclée. Il ressemblait à s'y méprendre au personnage d'Annie. Une Annie un peu spéciale, mais une Annie quand même.

Chase se demanda si Mark voulait se venger parce que c'était à cause de lui qu'ils ne montaient pas la comédie musicale *Annie*, ou si le garçon était à ce point désespéré de jouer ce personnage de petite fille.

— On ne fait pas *Annie*, dit Chase sans s'émouvoir.

Mark fulminait. Sans dire un mot, il tourna les talons et quitta la scène à son tour.

Chase ferma les yeux une seconde pour essayer de chasser de son cerveau la vision de Mark-Annie. Il les rouvrit tout grand en entendant M. Fletcher annoncer le nom de la candidate suivante.

— Zoé Brooks, lut M. Fletcher sur sa planchette à pince.

Zoé se leva, des papillons dans l'estomac. Elle s'installa sur la scène à côté de Chase en faisant de son mieux pour oublier sa nervosité. Heureusement, la personne avec qui elle devait lire son texte était un bon ami.

— Vous ne savez pas sur quelle planète on est? lut Chase en jetant à Zoé un regard encourageant.

Il voulait vraiment qu'elle réussisse... mais, de toute façon, la concurrence était plutôt faible jusqu'ici.

— Non. J'ai perdu la maîtrise de mon vaisseau spatial, et il a plongé dans l'océan. Alors je me suis mise à nager...

Zoé s'efforçait de parler clairement sans élever la voix. Ils avaient assez entendu hurler pour aujourd'hui. À l'arrière, M. Fletcher observait les deux acteurs sur la scène, le buste légèrement penché vers l'avant.

— Attendez... Vous voulez dire que vous êtes une extraterrestre? récita Chase.

Zoé hocha la tête.

— Oui.

Elle avait à peine besoin de regarder son texte. Les répliques lui venaient facilement.

— Merci de m'avoir tirée de l'eau.

— Hé! c'est mon travail, dit Chase, désinvolte. Mais je n'ai pas tous les jours le plaisir de voir arriver sur ma plage une extraterrestre aussi irrésistible.

— Vous me trouvez irrésistible? demanda Zoé avec un sourire timide.

— Tout à fait, dit Chase en lui rendant son sourire.

C'était la vérité. À son avis, Zoé était la plus jolie fille du campus, et de loin. En ce moment, elle était particulièrement adorable avec son sourire éblouissant et ses cheveux blonds tombant en cascade sur ses épaules. De plus, elle était très bonne comédienne.

M. Fletcher bondit sur ses pieds tout en applaudissant.

— Excellent! Bravo!

Les élèves assis dans la salle semblaient d'accord.

Chase sourit à Zoé. Elle avait été excellente, et il était

ravi. Elle allait sûrement obtenir le premier rôle.

— T'as été super! lui dit-il.

— Merci, fit Zoé. Toi aussi.

— Zoé, je vais discuter de tout ça avec Chase et on va te tenir au courant, dit M. Fletcher.

— Cool, fit Zoé en hochant la tête.

Elle avait fait de son mieux et il ne lui restait plus qu'à attendre pour savoir si cela avait suffi. Mais elle avait l'impression qu'elle avait de bonnes chances, d'autant plus que Nicole avait décidé d'auditionner pour un autre rôle, celui de la danseuse de hula. Quand elle avait appris qu'elle pourrait porter une véritable jupe en paille, elle s'était pratiquement mise à crier de joie.

Chase, bien calé sur sa chaise dans la classe du club de théâtre, passait les candidates en revue avec M. Fletcher. Il était à peu près certain de savoir qui il voulait pour chacun des rôles féminins, mais il fallait que ce soit officiel.

M. Fletcher avait devant lui une pile de photos en gros plan des filles qui avaient participé aux auditions. Ils les examinaient une par une.

— La hurleuse? demanda-t-il en montrant la photo de Jodi.

Chase secoua la tête. Il en avait encore les oreilles qui bourdonnaient!

— Pas question, dit-il en secouant ses boucles ébouriffées.

— Annie? demanda M. Fletcher en désignant la photo de Mark déguisé en Annie.

— Ridicule! lança Chase, qui détourna les yeux et agita

ses mains en l'air.

Le rouge n'était vraiment pas la couleur qui allait le mieux à Mark.

M. Fletcher plissa le nez et hocha la tête.

— Inquiétant, en effet, dit-il en claquant la langue avec un léger frisson.

Il déposa la photo et en prit une autre en souriant.

— Zoé, dit-il.

— Absolument, répondit Chase en s'efforçant de ne pas paraître trop partial. C'était certainement la meilleure.

— Tout à fait, approuva M. Fletcher, qui avait déjà pris sa décision lui aussi. Alors...

Il griffonna quelques mots sur un bloc-notes.

— On donne le rôle de la danseuse de hula à Nicole et le premier rôle à Zoé.

Chase était absolument ravi. Zoé avait été choisie! Ils allaient jouer les deux premiers rôles, ce qui voulait dire une foule de répétitions ensemble, à apprendre leur texte...

— Cool, fit-il. Ce sera Zoé, alors. C'est... super! murmura-t-il.

M. Fletcher regarda Chase d'un air entendu par-dessus la monture de ses lunettes. Chase avait l'impression d'être un microbe sous un microscope.

— C'est super parce que ton personnage partage la plupart des scènes avec celui de Zoé?

Chase se sentit blêmir. Est-ce que tout le monde était au courant de ses sentiments pour Zoé?

— Bien sûr que non, mentit-il.

M. Fletcher le regarda, sceptique.

— Mmmm, fit-il.

— Sérieusement! dit Chase sur un ton aussi convaincant que possible.

— Bon, bon... ajouta M. Fletcher en haussant les épaules. Il se leva.

— Je vais aller chercher les garçons pour leurs auditions, annonça-t-il en quittant la pièce.

Chase regarda la photo de Zoé. Son sourire éblouissant s'adressait à lui, le beau sauveteur.

— Zoé va jouer la belle extraterrestre, chantonna-t-il, la bouche fendue jusqu'aux oreilles.

CHAPITRE 10

Dans les sables mouvants

À l'autre bout du campus, Dustin examinait la chambre de Quinn d'un œil inquiet. Zoé n'avait pas exagéré : la pièce était effectivement pleine de machins bizarres. Des liquides colorés bouillonnaient un peu partout. Des appareils électroniques clignotaient en émettant des bips sonores. Des objets étranges, de formes et de tailles variées, étaient éparpillés par terre et sur le lit. Dustin n'en revenait pas que Zoé ait vraiment habité là.

Quinn fit asseoir Dustin sur le lit.

— Alors, Dustin, dit-elle de sa voix grinçante en l'examinant attentivement derrière ses petites lunettes. Dis-moi exactement ce qui ne va pas.

— Eh bien, je tousse, répondit Dustin en toussant à quelques reprises pour lui faire une démonstration. J'ai le nez qui coule et je pense que je fais de la fièvre.

C'était assez bien résumé.

— Parfait, dit Quinn.

On aurait dit que ses petites tresses frétillaient d'excitation. Elle avait enfin un spécimen vivant, ici même, dans sa chambre! Elle n'avait pas eu d'autre cobaye depuis que Zoé était partie, deux semaines après le début des classes... et Zoé n'avait pas été très coopérative.

— Je vais te guérir en un rien de temps!

Dustin regarda Quinn brandir un gros objet qui ressemblait à un aspirateur muni d'un petit tuyau à une extrémité.

— Montre-moi ta langue, ordonna-t-elle.

Dustin n'était pas certain d'en avoir envie, mais il était curieux. Quinn pourrait-elle réellement le guérir?

Il tira la langue.

— Aaaah...

Quinn alluma son bidule, éleva le petit tuyau jusqu'à la bouche de Dustin et le colla sur sa langue.

— Gaaaghhh! gargouilla Dustin. Qu'est-ce que tu fais? ajouta-t-il aussi clairement que le lui permettait le tuyau d'aspirateur posé sur sa langue.

— Oh, c'est un aspirateur à microbes, dit Quinn d'une voix forte pour couvrir le bruit de la machine.

C'était une de ses dernières Quinneventions. Elle en était très fière. Et dans une minute, elle allait savoir si ça fonctionnait vraiment!

Dustin ouvrit les yeux de plus en plus grand. Cette fille était folle à lier! Il avait l'impression que son aspirateur allait lui arracher la langue!

— Un aspirateur à microbes? gargouilla-t-il, à peine capable de parler.

— Oui! répliqua Quinn avec entrain. Pour enlever les microbes sur ta langue.

Elle éteignit la machine après quelques secondes.

— Voilà, ça y est, dit-elle, satisfaite. Fais-moi voir.

Elle se pencha et s'empara de la langue de Dustin en la

retournant entre ses doigts pour l'inspecter attentivement.

— Mmmmmm, murmura-t-elle, songeuse. On dirait qu'il reste des microbes. Peut-être que ça n'aspire pas assez fort, ajouta-t-elle en regardant son aspirateur.

Dustin posa une main sur sa bouche pour se protéger. Si ce machin-là aspirait plus fort, il allait bel et bien lui arracher la langue!

— Crois-moi, ça aspire bien assez! dit-il solennellement.

Les auditions se poursuivaient dans la classe de théâtre. Fatigué d'écouter des élèves répéter sans cesse le même extrait de sa pièce, Chase était content qu'elles soient presque terminées.

— Et le dernier à auditionner est... Logan Reese, annonça M. Fletcher.

Chase sursauta en voyant Logan entrer dans la salle d'un pas nonchalant.

— Bonjour, dit Logan, désinvolte, en agitant la main.

Quoi? Chase n'en croyait pas ses oreilles. Complètement éberlué, il fixait Logan qui, son texte à la main, avait l'air aussi cool que d'habitude dans sa camisole noir et rouge.

— Euh... s'cusez-moi une seconde...

Chase bondit sur ses pieds et grimpa sur la scène pour dire deux mots à son compagnon de chambre.

— Qu'est-ce que tu fais ici ? chuchota-t-il en espérant que tout cela n'était qu'une erreur stupide.

Logan jeta un coup d'œil à Chase. C'était évident, non?

— Je fais un essai pour la pièce, annonça-t-il.

Chase était furieux. Logan avait commencé par dire que

sa pièce était débile, puis il avait taquiné Michael et Chase parce qu'ils y participaient. Et voilà qu'il s'amenait à l'audition!

— Mais t'as toujours dit que le club de théâtre était ridicule, souligna Chase.

— Tu m'as fait changer d'avis, fit Logan en haussant les épaules. Tu m'as dit que c'était supercool, poursuivit-il en pointant la feuille roulée de son texte vers Chase.

— Et alors? demanda Chase.

— Alors, le club est supercool, et moi aussi, je suis supercool, dit-il comme s'il s'agissait d'une évidence. Ça va bien ensemble, non?

Chase retourna aux côtés de M. Fletcher en secouant lentement la tête. Voilà qui était plutôt inquiétant... Logan avait quelque chose derrière la tête, et Chase soupçonnait que cela avait un rapport avec Zoé.

— D'accord, Logan, fit Chase, résigné. Vas-y.

Logan regarda son scénario une dernière fois, puis le laissa tomber derrière lui sur la scène.

— Zorka, j'ai un aveu à vous faire, commença-t-il avec sincérité. La vérité, c'est que...

Il fit une pause, les yeux brillants d'émotion.

— J'ai eu plus de plaisir avec vous cette semaine qu'avec toutes les autres filles avant vous. Quand vous riez, je ris. Quand vous pleurez, je pleure...

Il baissa les bras.

Logan était complètement absorbé par cette déclaration d'amour à la jolie extraterrestre qui avait failli se noyer près de sa plage... du moins en apparence. Mais il souriait intérieurement. Il allait certainement avoir le rôle! Ce n'était pas si difficile d'être acteur. Il suffisait de faire semblant d'être sincère. C'était un peu comme mentir... et il était assez doué pour ça!

Chase observait les manifestations d'émotion de son copain de chambre. C'était terrible! Logan était... parfait. Beau, charmant, complètement conforme à son personnage. L'auditoire tout entier, M. Fletcher compris, était ravi. Chase avait envie d'applaudir... et de vomir.

— Je sais que vous venez d'une autre galaxie et que je ne suis qu'un pauvre sauveteur terrien, mais nos différences ne me dérangent pas.

Logan fit une pause parfaitement calculée.

— Je vous aime, conclut-il en baissant la voix.

Il y eut un moment de silence lorsque Logan termina son monologue, puis tout le monde se mit à applaudir. Tout le monde, sauf Chase.

— C'était fabuleux, fabuleux! s'exclama M. Fletcher en applaudissant. Chase, n'est-ce pas que c'était fabuleux? demanda-t-il sans attendre de réponse. Tu as été *fabuleux*! cria-t-il en direction de la scène.

Logan hocha la tête. Bien sûr qu'il était fabuleux!

M. Fletcher se tourna vers Chase et le regarda dans les yeux.

— Chase, murmura-t-il avec le plus grand sérieux, il faut donner le premier rôle à ce garçon.

— Quoi?

Chase n'en croyait pas ses oreilles. Enfin, oui, un peu... Logan était excellent. Mais il n'était pas question qu'il ait le premier rôle.

— Vous aviez dit que je ferais le sauveteur.

— Je sais, mais tu l'as vu comme moi. C'est une star!

M. Fletcher rayonnait de fierté, comme un dépisteur de Hollywood qui viendrait de découvrir la prochaine grande vedette masculine.

Chase avait l'impression d'être tombé dans des sables mouvants. Plus il cherchait à en sortir, plus il s'y enfonçait.

— Écoute, tu veux que ta pièce soit la meilleure possible, non? demanda M. Fletcher en avançant un nouvel argument.

Chase réfléchit un instant. Bien sûr qu'il le voulait. Mais Logan? Dans son rôle *à lui*?

Il regarda le visage rayonnant de son professeur. Logan avait passé une audition sans fautes. M. Fletcher voulait qu'il joue le rôle du sauveteur. Et comme il était le metteur en scène...

— D'accord, concéda enfin Chase, terriblement malheureux. Je suppose qu'on devrait donner le rôle à Logan...

— Bravo! l'interrompit M. Fletcher, tout joyeux.

Il se leva d'un bond et faillit faire tomber Chase de sa chaise en courant rejoindre Logan sur la scène.

— Félicitations, Logan, dit-il en lui serrant la main vigoureusement. Tu as le premier rôle!

Logan haussa les épaules. C'était évident. Qui d'autre pouvait être aussi charmant et aussi bon comédien que lui? Personne!

— Ouais, c'est bien ce que je pensais, dit-il.

Chase s'approcha de Logan, tête basse.

— Félicitations. T'as été excellent, dit-il en lui serrant la main.

Il savait que c'était vrai, mais il trouvait extrêmement difficile de le dire à voix haute.

— Je sais, répliqua Logan.

Tout le monde le savait, n'est-ce pas? En tout cas, ceux qui l'ignoraient encore l'apprendraient le soir de la représentation. Logan allait être supercool, et tout le monde allait le voir en pleine gloire.

— Et c'est Zoé qui a le premier rôle féminin, hein?

— Ouais, c'est elle, répondit Chase en tressaillant.

Il n'avait jamais remarqué à quel point Logan ressemblait à une fouine.

— Génial, dit Logan en hochant la tête avec un sourire narquois. À plus, vieux, ajouta-t-il en tapant dans la main de Chase.

Chase regarda Logan s'éloigner, le cœur au bord des lèvres. Pendant que le plus gros ego du campus sortait de la salle, lui-même s'enfonçait jusqu'au cou dans les sables mouvants.

De mal en pis

Zoé fixa Chase comme s'il venait de lui annoncer que le monde était sur le point d'exploser. En fait, c'est ce qui venait de se produire, en un sens.

— Logan?

Elle ne pouvait pas imaginer de pire partenaire. Il était arrogant, macho, imbu de lui-même... beau. Non, pas beau. Ça n'avait aucune importance! C'était un imbécile de première catégorie.

— Je sais! répondit Chase en levant les mains en signe d'approbation.

Il était totalement soulagé de voir que Zoé était du même avis que lui.

— Comment ça se fait?

C'était sûrement un cauchemar. Il était hors de question qu'elle joue dans une pièce avec Logan. Elle devait se réveiller!

— Il a passé l'audition et...

Zoé était tout oreilles, mais Chase ne termina pas sa phrase.

— Et...? insista-t-elle.

Chase soupira. Autant le lui dire...

— Il a été un tout petit peu extraordinaire, admit-il en

haussant les épaules.

Zoé fut très surprise d'entendre cette réponse. Elle avait toujours cru que les acteurs étaient des gens sensibles, des artistes. Et Logan était à peu près aussi sensible qu'une pierre et aussi artiste qu'un manuel d'algèbre.

— C'est horrible, dit-elle en secouant la tête.

— Je sais, approuva Chase.

— Je déteste même parler à Logan, dit Zoé en agitant les mains dans tous les sens. Comment est-ce que je pourrai jouer toute une pièce avec lui?

— Je vois pas comment! dit Chase.

Il ne s'était pas senti aussi bien de toute la journée. Il commençait à sortir des sables mouvants...

— Parce que... tu sais, ajouta-t-il, la fille qui joue le premier rôle... doit l'embrasser à la fin.

Chase surveillait Zoé du coin de l'œil en retenant son souffle. Quelle serait sa réaction?

— Beurk, dégueu! dit Zoé.

Elle ne pouvait pas penser à grand-chose de plus dégoûtant que d'avoir à embrasser Logan.

— C'est bien ce que je me disais, fit Chase, enthousiaste.

Zoé réfléchit un instant.

— Penses-tu que je devrais laisser tomber? demanda-t-elle, songeuse.

Elle ne voulait pas faire de peine à Chase, mais elle n'était vraiment pas certaine de vouloir continuer si Logan tenait le premier rôle.

— Oui! s'écria Chase, plus joyeux qu'il n'aurait voulu le laisser paraître.

Il ne voulait surtout pas que Zoé devine pourquoi il souhaitait la voir renoncer à son rôle. Ce serait une véritable torture de la regarder jouer avec Logan. Aussi bien le mettre au supplice, comme au Moyen Âge, et l'écarteler jusqu'à ce que tous ses os se disloquent...

— Je veux dire... se reprit-il aussitôt. Je serais déçu, mais je te comprendrais tout à fait.

Zoé soupira. Elle aurait été vraiment contente de jouer au théâtre pour la première fois. Mais compte tenu des circonstances...

— D'accord, je vais dire à M. Fletcher que j'abandonne, dit-elle.

Elle se mit en route vers la classe de théâtre, la tête basse.

Chase s'arrêta un instant pour une petite danse de la victoire, les poings en l'air. Son cœur allait peut-être survivre, après tout. Une fois sa célébration terminée, il suivit Zoé.

Dans l'auditorium de l'école, la répétition était déjà en cours. Logan était sur l'estrade avec plusieurs autres acteurs, en train de travailler une scène. Chase mena immédiatement Zoé vers M. Fletcher. Plus tôt elle dirait au professeur qu'elle abandonnait la pièce, mieux ce serait.

— N'oubliez pas de bien articuler, rappela M. Fletcher. Allons-y.

Chase tapa sur l'épaule de M. Fletcher.

— Excusez-moi, monsieur Fletcher... chuchota-t-il.

M. Fletcher agita la main comme si Chase avait été une vulgaire mouche.

— Chut! fit-il. Action! lança-t-il aux acteurs.

Il avait les yeux grands ouverts. De toute évidence, il était fasciné par la scène qui se déroulait devant lui, et par Logan en particulier.

Sur l'estrade, le personnage de Logan – le sauveteur – faisait des confidences à Michael, qui incarnait un surfeur.

— Bien sûr, j'ai eu beaucoup de petites amies, mais... je ne sais pas... Zorka n'est pas comme les autres filles...

En réalité, Logan pensait que les filles étaient toutes pareilles, mais il s'efforçait de paraître convaincant. Il fixa les premières rangées de sièges, à peu près vides.

— ... et elle est si belle!

Zoé, sur son siège, se pencha en avant. C'était bien Logan? Il était tellement différent... tellement gentil, tellement sincère. Elle l'avait peut-être mal jugé. Et au fond, c'était peut-être un garçon formidable.

— Je n'ai jamais connu de fille aussi belle. Ça me fait presque mal, quand je la vois, ajouta-t-il en fixant l'auditoire, les yeux pleins d'émotion.

Ouf! Zoé sentit son cœur battre la chamade. Logan était un acteur extraordinaire. Ce ne serait pas seulement supportable de se retrouver sur la scène avec lui, ce serait même amusant.

— Et voilà la scène, dit Logan en redevenant lui-même.

Les élèves présents dans l'auditorium se mirent à applaudir frénétiquement.

— J'en ai la chair de poule! s'exclama M. Fletcher, débordant d'enthousiasme. La chair de poule!

Zoé se tourna vers Chase. Devait-elle lui dire qu'elle avait changé d'idée? Il valait mieux lui annoncer la nouvelle avec ménagement...

— Eh bien! Il est extraordinaire, commença-t-elle.

— Ouais, reconnut Chase à contrecœur.

Zoé était en train de se laisser convaincre par la performance de Logan. Il devait faire vite pour qu'elle quitte officiellement la production avant qu'il soit trop tard.

— Euh, monsieur Fletcher, Zoé a quelque chose à vous dire au sujet de la pièce... Tout de suite.

M. Fletcher se tourna vers Zoé.

— Oui, qu'est-ce que c'est? demanda-t-il, encore émerveillé par la performance de Logan.

Zoé hésita. Elle regarda Chase. Elle ne pouvait pas abandonner, plus maintenant. Elle ne voulait pas rater une occasion pareille!

— Quand est-ce que mes répétitions commencent? demanda-t-elle avec enthousiasme.

Elle se leva, saisit un texte sur un siège voisin et s'élança vers la scène.

Chase, bouche bée, regarda Zoé monter sur l'estrade et bavarder avec Logan. Il avait l'impression d'avoir reçu un coup de pied en pleine poitrine. Encore une fois, il sentit qu'il s'enfonçait jusqu'au cou dans des sables mouvants.

Sous le charme

Zoé sortit de la répétition, son gros sac bleu sur l'épaule. Il était assorti aux rayures de son pantalon capri bleu et blanc, qui formait un ensemble ravissant avec son chemisier imprimé et sa ceinture rose. Logan la rattrapa quelques minutes après qu'elle eut quitté l'auditorium.

— Hé! dit-il en levant le menton, sur un ton parfaitement décontracté. Si tu veux répéter un peu tout à l'heure, passe à ma chambre.

Il envoya à Zoé un de ses sourires détendus dont il avait le secret... un de ces sourires que Zoé avait habituellement envie de lui arracher du visage.

— D'accord, merci, répondit Zoé.

Elle n'en revenait pas elle-même! Ce serait effectivement cool de retrouver Logan alors que, deux jours plus tôt, elle l'aurait évité comme le virus du Nil. Mais, évidemment, deux jours plus tôt, elle ne l'avait pas vu jouer.

Logan hocha la tête en guise d'au revoir tandis que Zoé s'éloignait pour aller bavarder avec Chase, assis tête basse sur le rebord d'un énorme bac à fleurs.

— Hé! fit Zoé en s'assoyant à côté du dramaturge.

Chase regarda Logan s'éloigner et tourna sa tête bouclée

vers Zoé. Il ne souriait pas. En fait, il avait l'air plutôt dégoûté.

— Quoi? demanda Zoé.

— Je pensais que t'allais abandonner la pièce. Qu'est-ce qui t'a pris? demanda Chase très vite.

— Je sais pas trop... Quand j'ai vu Logan jouer...

Zoé ne s'expliquait pas très bien elle-même sa réaction. Comment allait-elle pouvoir l'expliquer à Chase? C'est simplement que Logan... Eh bien, Logan n'était plus le même quand il se retrouvait sur scène.

— J'ai été... emportée, je suppose.

— Eh bien, désemporte-toi! maugréa Chase.

— Hein?

Zoé regarda Chase, éberluée. Qu'est-ce qu'il racontait?

— Oh, et puis, tant pis!

Chase haussa les épaules. Il n'était pas toujours capable de s'expliquer clairement quand quelque chose le rendait malheureux. Ce qui était bel et bien le cas en ce moment! Mais il ne pouvait pas avouer carrément à Zoé qu'il souhaitait la voir abandonner la pièce parce qu'il était en train de devenir fou à la pensée qu'elle allait passer tout ce temps avec Logan.

— Je pensais que tu voulais que je joue dans ta pièce. Pourquoi t'es fâché?

Zoé avait déjà eu quelques échantillons des sautes d'humeur de Chase, mais elle ne comprenait vraiment pas quelle mouche l'avait piqué cette fois-ci.

— Je suis pas fâché, mentit Chase. Si j'étais fâché, est-ce que je ferais ça?

Chase sortit la langue, sourit d'un air niais, et agita les doigts comme un clown de cirque doublé d'un vendeur quelque peu hyperactif.

Il n'était vraiment pas convaincant. Il semblait encore fâché – et détraqué en plus.

— Bon, ça suffit, fit Zoé en levant les yeux au ciel. Quand tu voudras me dire ce qui ne va pas, tu me feras signe.

Sans chercher à dissimuler l'impatience qui perçait dans sa voix, elle prit son sac et s'éloigna. Pourquoi aurait-elle mis des gants? S'il y avait quelque chose qui le dérangeait, il n'avait qu'à le dire. Qu'est-ce qu'il y avait de si difficile là-dedans?

Nicole, Dana et Zoé déposèrent leurs plateaux – salades et bouteilles d'eau – sur une grande table verte, à l'extérieur de la cafétéria, et s'assirent toutes les trois. Nicole mourait d'envie de demander quelque chose à Zoé depuis la fin de la répétition, et le moment était bien choisi.

— Dis-moi, Zoé, comment peux-tu jouer dans la pièce avec Logan?

C'était le gars le plus arrogant de l'école, et certainement le plus macho avec les filles. Il était tellement imbu de lui-même que c'était un miracle qu'il n'ait pas encore éclaté comme un ballon trop gonflé.

Zoé devait admettre qu'elle s'attendait à cette question. Logan était effectivement le pire des arrogants, ou du moins il l'avait été. Mais maintenant, il lui semblait... différent.

— Vous l'avez vu jouer? demanda Zoé. Il est... il est vraiment incroyable!

Elle ne trouvait pas d'autre mot. Nicole avait pourtant dû s'en rendre compte puisqu'elle jouait dans la pièce elle aussi. Est-ce qu'elle dormait pendant les répétitions?

— Oui, mais...

Dana se fichait pas mal de savoir comment était Logan sur la scène. L'important, c'était sa façon de se comporter le reste du temps.

— C'est un parfait imbécile.

— T'es bien placée pour le savoir, lança Nicole, moqueuse, à Dana assise de l'autre côté de la table.

Mauvaise idée! Dana visa et lança; elle avait un tir infaillible.

— Aïe! elle m'a lancé une olive, se plaignit Nicole.

Elle s'empressa d'examiner son tee-shirt jaune pâle à encolure bateau pour être certaine que l'olive n'y avait pas laissé de marque. Elle venait de le laver!

Dana leva le poing triomphalement. Son bracelet de motocycliste, en cuir noir garni de métal, complétait parfaitement sa camisole noire toute simple.

Zoé regarda tour à tour Nicole et Dana. Elles lui faisaient parfois penser à des enfants qui se chamaillent sur la banquette arrière pendant un voyage trop long. Mais c'étaient ses meilleures amies.

— Bon, bon...

Zoé tenait à ce qu'elles comprennent ses sentiments vis-à-vis de Logan. Un petit aveu s'imposait.

— Je sais que ça va vous paraître bizarre, mais quand il est sur scène, c'est comme si... On dirait que c'est pas la même personne.

— Comment ça? demanda Nicole, sourcils froncés.

— Je sais pas trop... répondit Zoé en haussant les épaules. Il a l'air tellement... tellement gentil et sincère.

— Ouais, mais c'est quand même Logan, fit remarquer Dana en secouant la tête.

Il avait beau avoir l'air gentil, il restait un imbécile, quoi qu'il fasse.

— Et puis, tu vas devoir l'embrasser à la dernière scène, rappela Nicole en agitant sa fourchette.

Comme si Zoé pouvait oublier ce petit détail!

— Je sais, répondit-elle de son air le plus désinvolte possible, comme si cela n'avait aucune importance.

— Attends un peu!

Nicole, bouche bée, ouvrit ses yeux bruns encore plus grand que d'habitude.

— Tu veux dire que tu ne le détestes pas? demanda-t-elle.

— J'ai pas dit ça, protesta Zoé, le nez dans sa salade.

— Mais t'as pas dit le contraire, souligna Nicole.

Elle regarda Dana, qui leva un sourcil. Elles se tournèrent toutes deux vers Zoé, mais celle-ci avait pris bien soin de s'assurer qu'elle avait la bouche trop pleine de salade pour pouvoir dire quoi que ce soit.

Ce fut exactement la même chose à la répétition du lendemain. Avant de prendre sa place sur scène, Zoé s'était dit et redit mille fois que son partenaire n'était que Logan. Elle n'avait pas cessé de se le rappeler depuis son réveil, en fait. « C'est seulement Logan. Le gars qui t'a jetée par terre sur le terrain de basket. Celui qui t'en veut à mort d'avoir pris sa place de meneur de jeu. »

— Vous êtes prêts? Vous êtes prêts? demandait M. Fletcher en se faufilant entre les acteurs qu'il regardait l'un après l'autre.

Comme d'habitude, il débordait d'enthousiasme.

— Bon, alors, action! cria-t-il en descendant de l'estrade pour les regarder jouer.

— Alors, que pensez-vous de la Terre jusqu'ici?

Logan prononça sa première phrase d'une voix pleine de sollicitude. Il avait vraiment l'air de vouloir connaître la réponse.

— La Terre est belle, répondit Zoé en souriant, les yeux plongés dans ceux de Logan.

Elle n'avait jamais remarqué à quel point ils étaient bruns. On aurait dit du chocolat.

— Il n'y a pas de plages comme celle-ci sur ma planète.

— Et il n'y a pas de filles comme vous sur la mienne, répliqua Logan en souriant.

— Vous voulez dire, des filles avec des antennes et des sourcils bizarres? récita Zoé sans pouvoir détacher ses yeux du visage de Logan.

Elle ne se lassait pas de le regarder!

— Non, je veux dire, des filles qui n'ont pas peur d'être elles-mêmes.

Logan prononçait chaque mot comme s'il venait tout droit du cœur. Zoé se perdait dans ses yeux, impatiente d'entendre la suite.

— Vous êtes extraordinaire, dit Logan.

On aurait dit qu'il ne parlait qu'à elle... et qu'ils étaient seuls au monde. Zoé était comme hypnotisée. Elle aurait pu écouter Logan jusqu'à la fin des temps.

— Vous êtes... parfaite, poursuivit-il.

« Et toi aussi, tu es parfait », pensa Zoé.

Nouvelle version

— C'est ma faute, déclara Chase.

Chase et Michael étaient en route vers un cours. Chase avait raison. C'était lui qui avait créé le monstre qui était en train de le dévorer vivant.

— De toute façon, qu'est-ce qui m'a pris d'écrire une pièce?

— Il t'a pris que t'es pourri dans tous les sports, peut-être? demanda Michael sans ménagement.

C'était bien Michael, ça. Toujours droit au but avec une réponse franche, surtout quand on n'avait pas besoin de ça!

– Bof!

Chase chassa la remarque du revers de la main. Il ne cherchait pas de commentaires ironiques, il cherchait de l'aide!

— Maintenant, c'est Logan qui va embrasser Zoé dans la pièce, se lamenta Chase. Et le pire, c'est qu'elle va le laisser faire!

— Ils se sont pas encore embrassés en répétition? demanda Michael, une main dans la poche de son long short de denim.

— Non. Fletcher veut garder ça pour la représentation elle-même, expliqua Chase avant de se lancer dans sa meilleure imitation du professeur de théâtre. *Pour préserver la magie,* déclara-t-il avec un sourire emprunté qui disparut aussitôt.

La seule magie que Chase souhaitait voir sur la scène, c'était un gros nuage de fumée qui aurait fait disparaître Logan.

— Tu la trouves vraiment à ton goût, Zoé, hein?

Michael avait toujours soupçonné que son ami était vaguement amoureux. Et à voir comment il se comportait maintenant, c'était évident.

— Non, nia Chase. C'est juste que... je trouve pas ça très indiqué qu'une jeune fille embrasse un garçon en public.

— Ça te dérangeait pas quand c'était toi qu'elle était censée embrasser, fit remarquer Michael.

Chase s'arrêta brusquement. Michael lui envoyait encore une fois une vérité qu'il ne voulait pas entendre.

— Écoute, t'es M. Logique, ou t'es mon ami? J'en crève, moi!

Chase avait vraiment besoin d'aide.

— Bon, bon, calme-toi, dit Michael en ajustant son sac à dos orange.

Du moment que Chase avait besoin d'aide, Michael était là pour lui.

— Une petite question : c'est toi qui l'as écrite, la pièce, non?

— Ouais, et alors? demanda Chase, qui ne voyait absolument pas où son copain voulait en venir.

— Alors, si ça te dérange tant que ça, change-la.

— La changer? répéta Chase, soudain plein d'espoir.

— Écris une nouvelle fin, proposa Michael.

C'était simple, non? Peut-être était-il vraiment M. Logique, après tout...

S'il y avait eu une ampoule électrique au-dessus de la tête de Chase, elle se serait allumée.

— Je peux me débarrasser du baiser! lança-t-il avec un grand sourire.

— C'est exactement ce que je disais, répondit Michael en lui rendant son sourire.

Chase se tourna vers son ami, un peu éberlué.

— Michael, mon meilleur ami, tu es un génie en culotte courte!

Chase déposa sa bouteille d'eau dans la main de Michael comme s'il lui remettait un trophée, avant de courir vers l'ordinateur qui l'attendait dans sa chambre.

Michael accepta la bouteille d'eau et en prit une gorgée d'un air modeste. Il ne pouvait pas dire le contraire...

— Ça m'arrive d'être génial, en effet! dit-il, à personne en particulier.

La nuit était tombée quand Chase trouva enfin le changement à apporter à sa pièce. Étendu sur son lit, en tee-shirt et pantalon de pyjama à carreaux, il fixait depuis un bon moment l'écran lumineux devant lui. Une ligne valsait devant ses yeux : « Zorka se penche pour embrasser son sauveteur. »

« Zorka se penche pour embrasser son sauveteur. » La phrase revenait sans arrêt dans sa tête. « Zorka se penche pour embrasser son sauveteur. » Chase prit une gorgée d'eau. C'est alors que la réponse lui vint, claire comme de l'eau de roche. Une petite lettre à supprimer, et le tour serait joué! Il effaça un des deux « s » du mot « embrasser », tout simplement. « Zorka se penche pour embraser son sauveteur. » Voilà! Chase se détendit, prit une autre gorgée d'eau et sourit. Mission accomplie!

M. Fletcher fixait la dernière page du scénario. Il avait abaissé à demi ses lunettes de lecture pour être certain d'avoir bien vu. L'horreur se lisait clairement sur son visage.

— « Embraser » son sauveteur? s'écria-t-il, incrédule. Tu veux dire « le faire flamber »?

Chase hocha la tête en souriant. Oui, oui, le faire flamber. Quelle perspective réjouissante!

— Oui. Voyez-vous, j'avais prévu depuis le début qu'elle tuerait le sauveteur. Mais j'ai fait une faute de frappe, expliqua-t-il.

M. Fletcher secoua la tête en replaçant les accessoires posés sur le siège du sauveteur.

— Ça m'arrive souvent quand je vais trop vite, je tape des lettres deux fois de suite, prétendit Chase. Un jour, je voulais écrire mon nom et j'ai écrit Chasse!

— Chase, dit M. Fletcher avec le plus grand calme, en regardant son élève d'un air entendu. La marque d'un vrai écrivain, c'est de savoir quand écrire le mot « fin » et déposer sa plume.

— Je comprends, mais...

— Je ne te laisserai pas changer un seul mot de ta pièce, déclara M. Fletcher en posant une main sur l'épaule de Chase.

Il se pencha vers lui et sourit.

— Elle est parfaite comme ça, ajouta-t-il.

Chase se força à sourire pour remercier son professeur du compliment. Ouais... Tout à fait parfaite!

* * *

Pendant ce temps, Dustin, toujours malade comme un chien, regardait le plafond dans la chambre de Quinn. Il avait la tête qui cognait. Il avait chaud. Non, froid. Non, chaud! Et il n'arrêtait pas de tousser. Ça faisait du bien d'être étendu. Il était content que Quinn le lui ait suggéré. Il avait seulement besoin d'un peu de repos. Mais il sentit soudain une petite brise lui chatouiller les pieds.

— Pourquoi tu m'enlèves mes souliers? demanda-t-il entre deux quintes de toux.

— Je vais te guérir grâce à des impulsions de protons sur la plante des pieds, répondit Quinn en s'assurant que les pieds de Dustin étaient bien attachés dans les courroies qu'elle avait installées au bout du lit. Ses petites tresses sautillaient tandis qu'elle s'affairait.

— Est-ce que je peux m'en aller, s'il te plaît? demanda Dustin d'une petite voix pathétique.

— Non, répondit Quinn.

Il se demandait pourquoi il était revenu la voir après l'épisode de l'aspirateur à microbes. Il avait peut-être temporairement perdu la raison. Mais si elle était vraiment capable de le guérir?

Quinn était presque prête. Elle ajusta ses lunettes protectrices sur ses yeux.

— T'es prêt?

— Non, protesta Dustin, en vain.

Quinn dirigea son fusil à protons entre les pieds de Dustin. Un éclair de lumière laser jaillit, forma un arc, se sépara en deux et atteignit sa double cible. La lumière bleue dansa quelques instants sur la plante des pieds de Dustin, qui se mit immédiatement à se tortiller.

— Aïe! ça chatouille! souffla le garçon, dont les pieds attachés bougeaient tout seuls.

Quinn interrompit le jet de protons.

— Tu te sens mieux? demanda-t-elle.

— Non, soupira-t-il en reprenant son souffle.

Heureusement, c'était fini!

— Je vais ajuster la saturation des protons, annonça Quinn en tripotant son équipement avant de déclencher une nouvelle décharge.

Les jets de lumière, cette fois, avaient une teinte verte.

— Aaahhh! hurla Dustin.

Il se mit à rire, puis à tousser. Puis à hurler de nouveau.

— Ça va pas mieux! cria-t-il.

Il n'était même pas certain que Quinn pouvait l'entendre. Son corps tressaillait violemment, et il était incapable d'arrêter de rire tout autant que de tousser.

Le jet ne semblait pas fonctionner. Quinn ne comprenait pas pourquoi. Il ne restait plus qu'un niveau de saturation plus élevé. Elle ajusta de nouveau les commandes et visa. Un jet plus pâle frappa la plante des pieds de Dustin, et les protestations du jeune malade furent aussitôt couvertes par son rire hystérique.

Complètement malade

Zoé, assise sur un banc au bord de la pelouse, prenait un peu de soleil entre deux cours. Elle était avec ses compagnons habituels : Dana, Nicole et Chase. Ils parlaient tous les quatre de la pièce tout en essayant de s'avancer un peu dans leurs devoirs.

— T'as été super à la répétition d'hier, dit Nicole à Zoé. On dirait que tu t'améliores de jour en jour.

Zoé aurait bien voulu pouvoir s'attribuer le mérite de cette amélioration. Mais elle savait qu'elle n'était pas attribuable uniquement aux répétitions.

— Tu sais pourquoi? demanda-t-elle en croisant les bras d'un air coquin.

— Pourquoi? demanda Dana.

La réponse risquait d'être intéressante...

— Logan, admit Zoé.

Chase fit la grimace comme s'il venait de mordre dans un short d'éducation physique. Beurk!

— Je te jure, il est tellement bon acteur qu'il me rend meilleure, fit Zoé en haussant les épaules.

— C'est vrai qu'il est génial, reconnut Nicole.

De sa place sur la scène, dans son rôle de danseuse de hula, elle ne se lassait pas de l'entendre déclamer son rôle, répétition après répétition.

— Ouais, Logan est fantastique, imita Chase d'une voix dégoulinante de sarcasme. N'est-ce pas qu'il est fan-tas-tique?

Zoé le regarda, étonnée. Elle trouvait Chase bien sévère.

— Je vois pas pourquoi tu le critiques tout le temps, dit-elle en se portant à la défense de son partenaire de scène. Logan est pas si mal, après tout.

Nicole se pencha pour révéler un grand secret à Dana et Chase.

— Elle commence à le trouver à son goût.

— Tu penses?

Dana écarquilla les yeux quelques secondes avant de reprendre son air blasé. Évidemment! Il était clair que Zoé était en train de tomber amoureuse de Logan.

— Quoi? demanda Chase en regardant tour à tour Nicole, Dana et Zoé. C'est... C'est complètement ridicule, bredouilla-t-il. C'est ridicule, hein, Zoé?

Zoé ne savait pas trop quoi dire.

— Euh... ouais... je veux dire...

— Tu veux dire quoi? demanda Chase, pressant.

— Je sais pas trop, répondit Zoé en prenant une gorgée de son jus. Peut-être que je l'aime bien, oui.

— Bon!

Chase ramassa ses livres. Il en avait assez entendu. Beaucoup trop, même. Une chose était sûre : il ne voulait plus rien entendre.

— Faut que j'y aille.

— Où tu vas? demanda Zoé.

Ils bavardaient, tout simplement. Quelle mouche l'avait

piqué tout à coup?

Chase n'en pouvait plus.

— Qu'est-ce que ça peut te faire? demanda-t-il en s'enfuyant.

« Erreur numéro un : avoir écrit la pièce. Erreur numéro deux : avoir dit à Logan que le club de théâtre était plein de belles filles. Erreur numéro trois... »

Chase grimpait l'escalier quatre à quatre, en dressant mentalement la liste de tout ce qu'il avait fait pour s'empoisonner la vie.

Dustin était juste derrière lui. Il avait l'air sinistre – exactement comme se sentait Chase.

— Salut, Chase, fit Dustin d'une voix enrouée.

— Salut, marmonna Chase. Pourquoi tu transpires comme ça?

— Je suis malade, répondit Dustin.

— Cool, répondit Chase, qui n'avait pas vraiment écouté.

— Hé, j'ai entendu dire que ta pièce allait être super, dit Dustin en changeant de sujet.

Il devait absolument chasser Quinn de son esprit... et aussi ses décharges de protons.

— Elle allait l'être, dit Chase, lugubre. Jusqu'à ce que Logan obtienne le rôle principal et vienne gâcher ma vie.

— Je pensais que c'était toi, la vedette.

Dustin se sentait dépassé par les événements. Combien de temps avait-il passé dans le laboratoire de Quinn?

— Plus maintenant, fit Chase, boudeur. Maintenant, je suis seulement la doublure.

— C'est quoi, une doublure? demanda Dustin en toussant à fendre l'âme dans son mouchoir.

— C'est en quelque sorte un remplaçant, au cas où Logan abandonnerait ou tomberait malade...

Chase venait d'avoir une idée! Une idée excellente, et tout à fait machiavélique! Il regarda Dustin, dont la quinte de toux se prolongeait. Le petit était pâle, fiévreux, il toussait... Parfait!

— Qu'est-ce que t'as à me regarder comme ça? demanda Dustin, nerveux.

Le regard songeur de Chase lui rappelait un peu trop celui de Quinn. Il se sentait comme un cochon d'Inde coincé dans un labyrinthe de tubes de plastique. Mais, encore une fois, il était trop faible pour s'enfuir.

— Viens avec moi, fit Chase en le prenant par le bras pour l'entraîner jusqu'à sa chambre.

Dustin toujours sur les talons, Chase ouvrit doucement la porte de la chambre qu'il partageait avec Michael et Logan. Personne... Parfait!

Chase montra du doigt le lit du haut.

— C'est le lit de Logan, dit-il en y ramassant un oreiller bleu. Et ça, c'est l'oreiller de Logan.

Il poussa l'oreiller entre les mains de Dustin, qui ne comprenait toujours pas ce qui se passait.

— Tousse dessus, lui ordonna-t-il. Vas-y, mets tes microbes partout.

Chase n'était vraiment pas dans son état normal...

— Mais il va être malade, souligna Dustin lentement.

— Oui! fit Chase avec un large sourire, car c'était exactement ce qu'il voulait. Si Logan tombe malade, c'est avec moi que Zoé va jouer.

— T'es bizarre! fit Dustin, toujours indécis.

Il savait que Zoé aimait bien Chase et qu'elle n'aimait pas Logan. Mais de là à tousser dans l'oreiller de Logan...

Chase tira de sa poche un billet de cinq dollars et l'agita sous le nez de Dustin. Le petit frère de Zoé avait toujours besoin d'argent.

— Et ça, est-ce que c'est bizarre? demanda-t-il.

— Non, répondit Dustin en s'empressant d'empocher le billet et de se mettre à tousser partout sur les deux côtés de l'oreiller.

— Ouiiiiii! fit Chase en hochant la tête.

Enfin, les choses s'annonçaient mieux!

— Pour un dollar de plus, je peux éternuer aussi, offrit Dustin.

— Vas-y!

Chase sortit un dollar de sa poche et s'assit confortablement en regardant les microbes jaillir.

Le réveil sonna à huit heures. Chase attendait ce moment avec impatience. Logan aussi. Le jeune premier sauta du lit du haut, étira ses bras musclés et ajusta sa camisole noire avant d'éteindre le réveil.

— Allez, debout, les gars! C'est mon jour de gloire! s'écria Logan avec suffisance.

La soirée n'arriverait jamais assez vite...

Dans le lit du bas, Chase se retourna. Il était affreusement mal en point. Il avait la tête qui cognait. Il avait chaud. Non, froid. Non, chaud! Il gémit et toussa dans son oreiller... ou plutôt dans celui de Logan!

— Oh, sapristi!

Pendant la nuit, l'oreiller de Logan – bien imprégné des microbes de Dustin – était tombé sur le lit de Chase. Celui-ci avait ajouté une nouvelle erreur à la longue liste de ce qu'il avait fait pour se rendre la vie impossible.

La représentation approchait, et Chase ne se sentait pas mieux. S'il avait été à la maison, ses parents lui auraient donné de l'aspirine, un médicament pour le rhume ou quelque chose de ce genre. Mais ici, à la PCA, il n'y avait que l'infirmière, Mlle Krutcher. Elle était plutôt intimidante. Et hargneuse. En plus, elle détestait les jeunes. Malgré tout, Chase était devant la porte de son bureau, en train de frapper délicatement. Il fallait vraiment qu'il soit mal en point!

Pas de réponse. Chase poussa la porte. Mlle Krutcher était assise à son bureau, dans son uniforme lilas, les cheveux attachés en une lourde tresse française. Elle lui tournait le dos et ne l'avait sans doute pas entendu entrer. Chase lui tapa doucement sur l'épaule.

L'infirmière se redressa brusquement, poussa un hurlement digne d'un film de kung-fu, s'empara d'un bâton de baseball et le fit tournoyer en direction de Chase. Heureusement, le garçon se pencha juste à temps pour l'éviter.

Chase leva les mains en l'air en hurlant à son tour. Il n'avait sûrement jamais rien vu d'aussi terrifiant!

— Qu'est-ce que tu veux? demanda Mlle Krutcher en

abaissant son bâton.

Elle détestait se faire réveiller. Elle était en train de rêver à un monde sans enfants.

— Je... suis... malade, bégaya Chase.

Pourquoi serait-il ici, autrement? Il avait seulement besoin de quelque chose pour l'aider à survivre jusqu'à la fin de la pièce.

— Pouvez-vous me donner un médicament pour que je puisse...?

L'infirmière, les sourcils toujours froncés, saisit un thermomètre et le fourra dans la bouche de Chase.

— Écoutez, pouvez-vous simplement me donner de l'aspirine ou quelque chose? Je peux pas rester ici.

Il avait du mal à parler, à cause du thermomètre. Heureusement, il entendit un « bip », puis l'infirmière le lui retira de la bouche.

— Tu as 38,3. Tu restes ici!

Elle s'approcha de Chase, le forçant à reculer jusqu'à ce qu'il tombe à la renverse sur le lit le plus proche. Il se redressa, comme un ressort.

— Mais il faut que j'aille voir ma pièce! protesta Chase.

C'était uniquement pour ça qu'il était ici! La grosse infirmière se contenta de lui jeter un regard mauvais.

— Couche-toi! ordonna-t-elle d'une voix forte.

— Bon, bon, d'accord, répondit Chase d'une voix presque aussi forte.

Il n'avait pas le choix. Il ne l'emporterait jamais sur la féroce Mlle Krutcher – pas avec cette fièvre, en tout cas. Et ce serait bon de s'étendre un peu...

— Tu ne bouges pas d'ici, ajouta l'infirmière en cherchant ses clés.

Elle lança à Chase un dernier regard assassin et disparut. Chase entendit la clé tourner dans la serrure. Il était enfermé! S'il n'avait pas été aussi malade, il aurait peut-être été en colère. Mais la tête lui cognait, et ses yeux coulaient. Il se laissa tomber sur l'oreiller et ferma les yeux.

Le visage de Logan apparut aussitôt devant lui. Il portait son costume de sauveteur et récitait son rôle.

— Il n'y a pas de filles comme vous sur ma planète, disait-il de sa voix de séducteur. Vous êtes... parfaite.

Zoé était là aussi. Elle était belle à faire rêver, avec son adorable maquillage d'extraterrestre. C'était un rêve, en effet, mais qui se transforma bientôt en cauchemar.

— Est-ce que je peux vous embrasser? demandait Logan.

— Oui, répondait Zoé en soupirant.

— Noooonnn!

Chase se redressa brusquement, les yeux grands ouverts. Il était bien réveillé. Malade ou pas, il ne pouvait pas laisser faire ça. Jamais!

CHAPITRE 15

Changement de programme

Chase se précipita vers la porte et tenta de tourner la poignée. C'était fermé à clé. Il parcourut du regard le bureau de l'infirmière. La fenêtre! Il y courut et l'ouvrit.

Au même moment, il entendit un son qui lui glaça le sang dans les veines... Une clé tournait dans la serrure!

L'infirmière ouvrit la porte juste à temps pour voir Chase disparaître par la fenêtre. Il n'était pas question qu'un élève quitte son bureau avec une telle fièvre. Jamais!

— Hé! reviens! cria-t-elle.

Traversant le petit bureau en trois enjambées, elle plongea par la fenêtre, roula par terre de l'autre côté et se releva promptement.

Elle se lança aussitôt à la poursuite de Chase. Pour un malade, il était vraiment rapide. Il traversa le campus à toute vitesse en direction de l'auditorium.

— Je déteste les jeunes, grommela l'infirmière.

L'auditorium était rempli à craquer. Les élèves et les professeurs de la PCA étaient presque tous venus voir la pièce. Sur la scène, Zoé et Logan étaient éblouissants.

— Merci de m'avoir tirée de l'eau, disait Zoé.

Elle avait des papillons dans l'estomac. C'était très excitant de jouer devant un vrai public.

Zoé sentait ses antennes à ressort osciller sur sa tête. Dans son maillot violet orné de paillettes et sa jupe circulaire raide comme un tutu, elle ressemblait à une meneuse de claque intergalactique. De plus, elle s'était dessiné entre les sourcils un point brillant qui lui donnait vraiment l'air d'une Zorkésienne. Logan était très séduisant avec son short de surf, son collier de coquillages, son sifflet... et son fantastique bronzage naturel. Nicole se tenait derrière les deux acteurs, mignonne à croquer en danseuse de hula... bien assez jolie pour se trémousser sur un tableau de bord!

— Hé, c'est mon travail, récitait Logan sans effort. Mais je n'ai pas tous les jours le plaisir de voir arriver sur ma plage une extraterrestre aussi irrésistible.

Le cœur de Zoé battait toujours un peu plus fort quand elle entendait les compliments de Logan... même s'ils s'adressaient en réalité à Zorka.

— Vous me trouvez irrésistible? demanda-t-elle.

— Tout à fait, répondit Logan en souriant.

Elle était vraiment jolie dans ce costume. Logan sourit aux spectateurs, ravis. Ils étaient sous le charme. Qui aurait pu les en blâmer?

À l'extérieur de l'auditorium, Chase commençait à croire que le sort s'acharnait contre lui. Il n'arrivait pas à semer l'infirmière, et pourtant, il le fallait s'il voulait empêcher Zoé d'embrasser Logan.

— Reviens ici tout de suite, criait l'infirmière, qui s'était lancée à ses trousses.

Chase freina brusquement sur une petite butte gazonnée. Il voyait les portes de l'auditorium.

— Zoé, fais pas ça! hurla-t-il de toutes ses forces.

Ce furent ses derniers mots avant de s'écrouler. Mlle Krutcher s'abattit sur lui de tout son long et le retint dans une étreinte à lui broyer les os. Mais elle se rendit bientôt compte que le garçon n'était pas complètement à bout de forces. Après quelques instants, il réussit à se dégager, laissant à l'infirmière une paire de chaussures en guise de trophée de chasse.

Zoé était au septième ciel. La prestation de Logan était tellement convaincante qu'elle commençait presque à croire qu'elle venait vraiment d'une autre planète.

— La Terre est belle, récita-t-elle en montrant du doigt le sable qui l'entourait. Il n'y a pas de plages comme celle-ci sur ma planète.

— Et il n'y pas de jolies filles comme vous sur la mienne, fit Logan en regardant Zoé droit dans les yeux.

Zoé entendit soudain sa propre voix dans sa tête. « Peut-être que je l'aime, en effet. » Cela semblait impossible, mais, debout devant lui, elle éprouvait un sentiment bizarre au creux de l'estomac.

— Zorka, je sais que nous ne nous connaissons pas depuis très longtemps, mais tenez, poursuivit Logan en lui tendant un collier de coquillages blancs. Je vous ai fabriqué ce collier.

En se demandant quelle impression lui ferait un vrai cadeau de Logan, Zoé eut un instant de distraction.

— C'est pour moi?

Elle s'avança pour prendre le collier de coquillages, mais

il lui glissa des mains et atterrit sur la scène avec un bruit sourd, derrière un faux rocher du décor.

Ce n'était pas dans le scénario...

— Euh... Je l'ai laissé échapper, improvisa Zoé.

Les papillons dans son estomac avaient fait place à un nœud.

— Ouais, fit Logan d'un ton sec.

Qu'est-ce qu'elle avait? Elle était en train de tout gâcher.

— Pourquoi ne pas aller le ramasser ensemble? demanda-t-il, les lèvres serrées.

Si Zoé ne retombait pas sur ses pieds, il risquait d'avoir l'air ridicule.

Zoé s'agenouilla derrière le rocher, Logan à ses côtés. Ainsi hors de vue de l'auditoire, Logan lui dit sa façon de penser.

— Qu'est-ce qui t'arrive? siffla-t-il.

— Je suis désolée... Je l'ai laissé tomber.

Zoé regarda Logan, trop éberluée pour ajouter autre chose.

— Si t'étais moins maladroite, aussi...

Logan jeta à Zoé un autre regard mauvais. Elle allait lui gâcher son instant de gloire!

C'était quoi, son problème? Où était passé le gentil sauveteur? L'imbécile de première catégorie était de retour... dans toute sa splendeur!

À l'arrière du théâtre, un garçon entra en toussant, pieds nus – l'auteur de la pièce en personne, qui espérait toujours que la fin changerait. Chase regarda la scène. Logan et Zoé étaient à genoux derrière un rocher. Mais qu'est-ce qu'ils faisaient là? Chase tenta de reprendre son souffle entre deux quintes de toux rauque.

Sur la scène, les choses se corsaient!

— Et maintenant, fais attention! C'est mon heure de gloire, alors faudrait surtout pas que tu gâches tout! dit Logan en jetant à Zoé un regard accusateur.

Vraiment? Zoé regarda Logan se relever. Il était incapable de penser à autre chose qu'à lui-même! Comment avait-elle pu le trouver gentil et attirant? Elle n'en revenait pas. C'était sûrement un grand acteur parce que, pendant quelques jours, Zoé l'avait presque cru humain!

— Voilà votre collier, dit Logan en tendant le collier à Zoé quand elle finit par se relever à son tour.

— Merci, dit-elle d'un ton neutre, alors qu'elle aurait bien aimé le lui lancer au visage.

— Comme je vous le disais... vous êtes extraordinaire. Vous êtes... parfaite, dit Logan en essayant de reprendre la scène là où ils l'avaient laissée.

Mais Zoé n'y croyait plus.

— Vous aussi, vous êtes parfait, récita-t-elle, mais le cœur n'y était plus.

— Est-ce que je peux vous embrasser? demanda Logan.

— Oh, non! murmura Chase à l'autre bout de la salle, en secouant la tête.

C'était comme s'il s'était retrouvé par hasard sur la scène d'un accident. Il ne voulait pas regarder, mais il n'arrivait pas à détourner son regard des deux acteurs. Zoé n'avait pas encore dit oui...

— Allez, dis ce que t'as à dire, siffla Logan en se penchant tout près de Zoé. J'ai l'air d'un imbécile à cause de toi.

Elle se contenta de le regarder fixement, immobile.

Il recula d'un pas et essaya de nouveau.

— Je vous ai demandé si je pouvais vous embrasser.

Dans la salle, M. Fletcher était assis sur le bout de son siège. Ce n'était pas prévu dans le scénario...

— Dis oui, chuchota Logan.

— Non.

Il était absolument hors de question que Zoé laisse Logan lui donner un baiser.

— Ce n'est pas dans le texte, murmura M. Fletcher, nerveux, à un professeur assis à côté de lui.

Zoé ne respectait pas le scénario! Personne ne pouvait savoir ce qui allait suivre.

— Mais... qu'est-ce... es-tu folle? chuchota Logan, incrédule.

De toute évidence, Zoé avait perdu la tête.

— Et pourquoi voudriez-vous m'embrasser? improvisa Zoé.

Elle était en colère, et avait décidé de tenter le tout pour le tout. Si elle devait gâcher le moment de gloire de Logan, autant le faire comme il faut!

— Euh... bredouilla Logan. Parce que... parce que je vous trouve vraiment spéciale.

— Ah, bon! fit Zoé en pointant le doigt vers Nicole, qui suivait avec de grands yeux le nouveau dialogue qui se déroulait devant elle. J'imagine que vous trouvez aussi cette danseuse spéciale, parce que je sais que vous avez essayé de l'embrasser!

— Quoi? N-Non, p-p-pas du tout.

Mais qu'est-ce que Zoé cherchait à faire?

— Est-ce que c'est vrai, mademoiselle? demanda Zoé en

se tournant vers Nicole.

— Oh! fit Nicole, qui resta un instant bouche bée avant de comprendre ce qui se passait. Euh, oui! C'est vrai! Ce sauveteur a essayé de m'embrasser!

Nicole s'amusait beaucoup à inventer son nouveau texte. D'ailleurs, elle avait un sens inné du théâtre.

Sous les faibles lumières de la salle, l'auditoire était aux aguets.

— Ça devient passionnant! chuchota M. Fletcher, ravi de la tournure des événements.

— Attendez! Attendez une minute!

Logan devait absolument reprendre les choses en main. Sur la scène, les deux filles s'étaient liguées contre lui.

— Je pensais que je vous aimais, mais devinez quoi, monsieur le sauveteur? reprit Zoé. J'ai changé d'idée parce que vous êtes arrogant et que les extraterrestres comme moi détestent les arrogants!

Elle laissa tomber le collier aux pieds de Logan, tourna les talons et se dirigea vers les coulisses.

— Où allez-vous? demanda Logan.

La pièce n'était pas terminée, n'est-ce pas?

— Je retourne en Zorkésie!

Avec un geste de la main, Zoé quitta la scène. C'était une fin parfaite, certainement la plus dramatique de toute l'histoire de la PCA.

— Lumière! souffla M. Fletcher.

La scène fut plongée dans le noir, et ce fut le délire dans la salle. Tout le monde criait et applaudissait.

— Ouais! Génial! Bravo, Zoé!

Chase avait beau être malade, il ne s'était jamais aussi bien senti. Zoé avait réécrit la fin de sa pièce encore mieux qu'il aurait pu le faire lui-même. L'air déconfit qui se lisait sur le visage de Logan valait bien un million de dollars! S'il l'avait pu, Chase aurait remis un prix à Zoé pour son talent de dramaturge.

— Ouais! Youpi! ajouta-t-il, les deux poings en l'air, la voie plus enrouée que jamais.

Du fond de la salle, Chase eut juste le temps de voir la plus jolie extraterrestre de l'univers lui faire signe avant de sentir une main s'abattre sur lui. Mlle Krutcher l'avait retrouvé. Il n'avait aucune chance de lui échapper. Il se laissa emmener, tout en continuant de crier. « Infirmière ou pas, se dit-il, tout est bien qui finit bien. »